双葉文庫

大富豪同心

海嘯千里を征く

幡大介

目次

海嘯《かいしょう》千里を征《ゆ》く

大富豪同心

第一章　秋景の明暗

一

江戸の闇社会において大いに威勢を振るう荒海《あらうみ》一家。その表看板（表向きの仕事）は口入《くちい》れ屋《や》である。大名や旗本の屋敷に中間《ちゆうげん》や女中たちを斡旋《あつせん》するのが仕事だ。赤坂《あかさか》には武家屋敷が多く立ち並んでいて、荒海一家が経営する店は赤坂新町《しんまち》にあった。

多くの求人案内が紙に書かれて張り出されている。仕事を求めて男女が続々と暖簾《のれん》をくぐる。

武家屋敷からつけられる注文は煩雑《はんざつ》だ。〝力仕事ができる男手〟や〝台所仕事のできる女〟などなら簡単だが、〝奥方様の無聊《ぶりよう》を慰《なぐさ》めるために三味線《しやみせん》が弾《ひ》ける女〟だの〝算盤《そろばん》が達者で身許《みもと》のしっかりしている者〟だのになると、口入れ屋がいちいち三味線を弾かせたり、算盤を弾かせたりして技量を確認せねばならない。

本人の素行はもちろん、家族親族の中に不届き者がいないかどうかも調べに行く。

口入れ屋もなかなかに骨の折れる仕事なのである。

荒海一家の親分、三右衛門《さんえもん》は、普段は店の奥座敷に引き籠《こ》もっている。表店《おもてだな》に出てくることはほとんどない。

世間では〝信頼のおける口入れ屋の主《あるじ》〟で通っているが、裏の顔は武闘派で知られた侠客《きょうかく》である。ヤクザ者だ。長火鉢を前に据《す》えて煙管《キセル》を咥《くわ》え、顔をしかめた姿は殺気走っていて、険悪な威圧に満ち満ちている。

「手前《てめ》ェ、よくも俺の前にその面《ツラ》ァ出せたもんだなァ」

三右衛門が唸《うな》るような声で言うと、同じ座敷の下座《しもざ》に控えた男は、身を小さくして竦《すく》み上がった。

「その義理を、果たそうと思ってやってきたんですぜ。親分、話を聞いてくれ」

『『親分』だと？　手前ェと親子の契《ちぎ》りを交わした覚えはねぇ。気安く親分なんて呼ぶんじゃねぇ」

「お、親分さん、ともかく話を聞いておくんなさいよ。あっしも木菟《ミミズク》ノ菊次郎《きくじろう》と二《ふた》ツ名《な》を取った男だ」

「利《き》いた風《ふう》なことを抜かすんじゃねぇ！　何が菊次郎だ。手前ェなんかキクで十分だ。やいっキク公！　手前ェが空けた穴は十両や二十両じゃねぇ。俺の店に損を被《かぶ》せやがって、どういうつもりだ！」

「ですからその穴埋めを――」

「手前ェの儲《もう》け話にまんまと乗っかった俺も悪い。そう思ったからこそ手前ェを簀巻《すま》きにするのだけは勘弁《かんべん》してやったんだ。いきり立つ若い者を宥《なだ》めるのには苦労したぜ。わかってるのか、やいっ！　今も座敷の外じゃあ、手前ェのことを懲らしめてくれようと寅三《とらぞう》たちが待ち構えてる。死にたくなかったら、とっとと失《う》せろ。二度とその面を出すんじゃねぇッ」

矢継《やつ》ぎ早《ばや》に怒鳴りつけられて菊次郎は首を竦めるばかりだ。

「本当に待っておくんなさいよ。オイラの話も聞いておくんなさい。本当に、今度は間違いなく、儲かる話なんですから」

「前にも同《おん》じことを抜かしやがったぞ、この騙《かた》り屋《や》め」

「今度こそ間違いないんです！　大坂《おおさか》の商人《あきんど》衆《しゅう》と、さるお殿様が手を組んでる。お上《かみ》と御用商人が組んでのイカサマ博打《ばくち》をしようって寸法。絶対《ぜって》ぇに間違いのねぇ話なんで。これに乗っからねぇ手はねぇですぜ！」

「どこで思いつきやがった、そんな大嘘」

「嘘じゃねぇンだ。本当なんだよ。お上と御用商人が陰で操《あやつ》って、博打の勝ち負けをひっくり返そうって魂胆《こんたん》だ。世間の衆が〝負ける〟と見ているほうに大金を振りこんどいて、配当をガッポリせしめようって話で」

「それで？　お前もその尻馬《しりうま》に乗って配当金に与《あずか》ろうって魂胆か」

「そういうこった。ねぇ親分さん、大金が要《い》るんだよ。必ず勝つんだから融通《ゆうずう》しておくれよ」

三右衛門は火の消えた煙管を灰吹《はいふき》にカンッと打ちつけた。それから廊下《ろうか》に向かって声をかけた。

「話は済んだぜ。追っ払え」

障子《しょうじ》の陰から男たちが現われた。「へぇい」と答えて座敷に踏み込んでくる。

荒海一家の代貸《だいがし》の寅三と、強面《こわもて》の子分たちだ。

三右衛門は莨《たばこ》を煙管に詰め直しつつ、顎《あご》をクイッと菊次郎に向けた。

「性懲《しょうこ》りもなくこの俺を担《かつ》ごうとしやがった。俺を舐《な》めているとしか思えねぇ。死なねぇ程度に痛めつけてやれ」

　菊次郎は慌てた。

「お、親分さん、か、金は返すから――」

　懐《ふところ》から巾着《きんちゃく》を出して中身を畳にぶちまけた。

「小銭ばかりじゃねぇか。俺が損させられた分にはとうてい足りねぇ。だがその誠意だけは買ってやる。オイッ、十二文ぶん加減して痛めつけてやれ」

「親分さん！　勘弁《かんべん》して！」

「手前ェが一本筋の通った男なら、十両や二十両のしくじりを咎《とが》めるもんじゃねぇ。だけどな、手前ェみてぇな筋の通らねぇ野郎は勘弁ならねぇんだよ！」

「親分さんは三国屋《みくにや》さんとつるんでいなさるじゃないか。二十両ぐらい、どうってことねぇはずですぜ」

「なんだと」

「ねぇ親分さん、三国屋さんに口利《くちき》きを願いますよ。三国屋さんなら百両や二百両の金は右から左へと――」

「手前ェは、ほとほと呆《あき》れ果てた野郎だぜ」

昔気質《かたぎ》の侠客である三右衛門は、仁義を弁《わきま》えぬ男が大嫌いである。

「連れてけ」

寅三が「へい」と答えて菊次郎の腕を取る。

「おらっ、立ちやがれ！」

「やめてッ、助けてッ。お役人様ァ！」

寅三は菊次郎の腕をねじ上げた。

「何が『お役人様』だ。こんな所に役人がいるわけねぇだろう」

「おや、どうしました」

卯之吉《うのきち》がヒョイと顔を出したので、その場にいた全員がギョッとなった。

「あわわわ……！」

三右衛門が立ち上がって両腕を広げて菊次郎と寅三を背後に隠す。隠せるものではないが。

「ちょ、ちょっとばかし、たてこんでおりやして……！　やいッ、早く連れてけ」

「へいっ」

喚《わめ》き散らす菊次郎の鳩尾《みぞおち》に拳骨《げんこつ》をくらわせ、グッタリとさせてから寅三は外に連れ出した。

卯之吉は不思議そうに見ている。

「ここはいつ来ても賑《にぎ》やかだねぇ」

自分が役人だという自覚がないので、事情を問い質《ただ》すつもりもないらしい。

「へっ、へいっ。お恥ずかしい限りで。ささ、どうぞ」

三右衛門は自分が座っていた座布団をひっくり返して畳に置いた。

卯之吉はヒョイと座った。三右衛門はササッと廊下に退《の》いて平伏、低頭した。

「本日はようこそのお渡りを」

「そんなに畏《かしこ》まられたのでは話がしづらいよ」

卯之吉は飄々《ひょうひょう》と笑っている。江戸でも一番に凶暴な侠客で、江戸市中はもちろん、街道筋にもその名を知られた三右衛門の前で薄笑いを浮かべていられる男など、卯之吉をおいて他にはいない。

「ともかくこっちにきて、座っておくんなさいよ」

「へへっ。お言葉に従いまして」

三右衛門が座敷に入って来て、座り直した。

「本日はどういったご用向きで。あっ、さては市中でまたぞろ悪党が暴れておるんでございやすか」

「そんな物騒な話じゃないよ」

卯之吉は小脇《こわき》に抱えてきた包みを畳の上に置いて、広げた。

「なんですかえ」

三右衛門が覗《のぞ》きこむ。反物《たんもの》が一つ、入っていた。

「源《げん》さんから、これを三右衛門にって」

「大名屋敷の穀潰《ごくつぶ》し野郎がオイラにですかい？　なんだってこんな物を」

「源さんのところの御領地は越後国《えちごのくに》だ。越後上布《じょうふ》の産地だからね。麻布《あさぬの》はいくらでも取れるんだろうさ」

「そうじゃなくって、野郎からオイラのところに贈り物が届けられる謂《いわ》れがねぇんで」

「いつも世話になっているお礼だって言ってたよ。それなら自分で持っていけばいいのにねぇ。あらたまっては恥ずかしいらしいよ」

「だからって、旦那に使いをさせるたぁ何事ですかい！　旦那は南北町奉行所一《いち》の同心様だ！　お江戸の護《まも》り本尊《ほんぞん》なんですぜ。それを、外様《とざま》の木っ端《こっぱ》大名の小

「あたしがここに来たのはことのついでだよ。この近くに昨今《さっこん》評判の甘味処《かんみどころ》ができたっていうから、食べに寄った帰りさ。いいから受け取りなよ」

三右衛門は「そうですかい？」と言いながら手に取って、さも忌《い》ま忌《い》ましげな顔をした。

「こんな爺《じじ》むさい柄の布なんか寄越《よこ》しやがって……」

と言いつつも、まんざらでもなさそうな顔をしている。

「大名家なんかに貰《もら》った反物で仕立てた着物なんか着られるもんですかい。世間から指を差されて笑われやすぜ」

素直に嬉しいとは言わず、憎まれ口を叩いてしまう性分であるようだ。卯之吉は煙管を取り出しながら微笑《ほほえ》んでいる。

「喜んでもらえたようで嬉しいねぇ。源さんにもそう伝えておくよ」

「だ、誰が喜んでなんか……。いや、旦那がわざわざ持ってきてくださったことたぁ、嬉しくってたまらねぇですが」

卯之吉は「フフフ」と笑いながら莨盆で火をつけて、プカーッと紫煙《しえん》をふかした。

二

夏も終わり、秋風が吹き抜けていく——。

とはいえここは江戸。芝《しば》の一角、永井町《ながいちょう》の裏長屋だ。ごみごみと建て込んだ安普請《やすぶしん》の裏店《うらだな》が軒《のき》を接して建っている。路地の足元には下水のどぶ板。湿気を吸ってブヨブヨに撓《たわ》み、表面には苔《こけ》がついている。路地の奥の広場には後架《こうか》（共同便所）。異臭をのせて路地を吹き抜ける風は——心地《ここち》よい秋風——などとはとても言えない。

秋空も、庇《ひさし》と庇の間に細く見えているに過ぎない。どこまでもうらぶれた、江戸の町のどこにでも見られる庶民の暮らしの現実であった。

後架の前の広場には井戸もある。井戸の前では長屋のおかみさんたちが四人ばかり集まって、夕拵《ゆうごしら》えをしながら、かしましく喋《しゃべ》りあっていた。

「奥山《おくやま》に小屋掛《こやが》けしている一座がさぁ……」

尻の大きな良く肥《こ》えた四十過ぎのおかみが、米を研《と》ぎながら旅芸人の評判を語っている。この肥満ぶりは貧乏長屋には似つかわしくない。夫の稼ぎをみんな食ってしまうのだと陰口《かげぐち》を叩かれている。

おかみは、夫の稼ぎを芝居見物にも使っている。浅草寺《せんそうじ》奥山の掛け小屋に足繁《あししげ》く通っていた。

「あれはたいしたものだねぇ……。三座《さんざ》の役者と見比べても引けを取るものじゃあないよ」

このおかみ、本当に三座の歌舞伎を見たことがあるのかどうか、怪しいものだがそう言った。

「上方《かみがた》歌舞伎で名を上げての江戸入りだって言ってたけれど、本当かも知れないねぇ。踊りの華やかさときたら、上方ならではの雅《みや》びサね」

雅びなどという言葉をどこで覚えたものやら。おおかた物知りの隠居《いんきょ》の口真似《くちまね》であろう。

と、その時。長屋の奥の部屋の障子戸が、ゴソリと陰気《いんき》な音とともに開けられた。そして中から、もっと陰気な顔つきの、二十代半ばの男が出てきた。

青黒い顔をして痩《や》せている。頬がこけていた。食が細いのであろう。あるいは胃腸を悪くしているのか。単《ひとえ》の着物の襟《えり》からはだけた胸元には肋骨《あばらぼね》が浮き出ていた。

それでいて目だけはギラギラとしている。いつでもどこでも、怒ったような目つきだ。

男はどぶ板をガタガタと踏みながら井戸のほうへやってきた。

「おや、直次《なおじ》さんかい」

肥えたおかみが声をかける。直次は軽く黙礼《もくれい》し、それから、路地に落ちていた枯れ枝を拾って、おかみの足元の地べたに字をグリグリと書き始めた。

おかみはその字を読んだ。江戸の町人であれば、仮名《かな》文字の読み書きぐらいはできて当然だ。

「出掛けるのかえ」

直次は無言で頷《うなず》いて、また、文字を地面に掘った。

「友だちが会いに来たのかえ。ふーん」

井戸端のおかみたちは直次を見上げた。直次がこの長屋に住むようになって二《ふた》月《つき》が経つ。しかし直次の部屋に友だちや家族や仕事仲間が訪ねてきたことなど一度もなかった。

太ったおかみは言う。

「今日は月末だからね。大家が家賃を集めに来るよ。夕刻には戻っていないといけないよ」

直次は（わかっている）という顔つきで頷くと、路地を通って去って行った。

太ったおかみの隣で、対照的に痩せたおかみがしかめ面をした。

「気持ち悪い男だねぇ……」

それはこの場の四人のおかみたちの総意であったろう。

「幽霊みたいな顔をしてさ。仕事はいったい何をしているんだか」

それを受けて太ったおかみが、

「奥山の見世物《みせもの》小屋で、幽霊の役でもやってるんじゃないかねぇ」

そう諧謔《かいぎゃく》を飛ばした。おかみたちは大笑いをした。

「それなら長屋のみんなで見に行ってあげなくちゃね！　ヒュ〜ドロドロと出てきたら、『いよっ、直さん、待ってました！』ってね！」

おかみたちは声を上げて笑った。


直次は身を屈《かが》めながら江戸の町中を歩いていく。埃除《ほこりよ》けのほっかむりを目深《まぶか》に引き下ろして面相を隠し、人気《ひとけ》の少ない路地を縫《ぬ》うようにして進んだ。

番小屋の前を抜ける時には、腕を胸の前に組んで面《おもて》を伏せる。

番小屋には町の顔役たちが詰めている。障子戸は常に開け放たれてあって、通りを行く不審な人物を見張るのだが、幸いにして顔役たちは将棋に夢中になっていた。通りには目もくれなかった。

直次は足早に通りすぎた。

道の角を曲がって坂を上る。坂の途中に一軒の潰《つぶ》れ店《だな》があった。場所がよくないので、どんな商売を始めても潰れてしまう。そういう店がどこにでもある。ついには借り手がいなくなった——という、佇《たたず》まいだ。

裏手に続く路地には夏草が盛んに伸びていた。草むしりをする者もいないのだ。直次は裏路地へと踏み込んでいった。

商家の裏手には、売り物の荷を運び込んで、いっとき保管するための庭が必要だ。その庭も雑草だらけだ。雑草の中に一人の中年男が屈み込んでいた。

男は直次の姿を認めると、ハッとした様子で立ち上がった。

「こぼんさん」

その顔に、様々な表情が浮かんだ。驚き。懐かしさ。憐憫《れんびん》。反発。一瞬にして次々と表情を変えた。何か言おうとしたが、胸がつまってしまった様子だ。言いたいことが一時に溢《あふ》れ出してきて、逆にものを言えない状態になってしまったのだろう。

男の瞼《まぶた》に涙が浮かんでくる。

「よくぞ、ご無事で生きてはりましたなぁ……」

とだけ、呟《つぶや》いた。

様々な感情を抑えきれずに立ち尽くしている男とは裏腹に、直次は両目になみなみならぬ決意を漲《みなぎ》らせ、駆《か》け寄った。

「忠助《ちゅうすけ》！　わいに手ぇを貸してくれ！　どうでもお前の力がいるんや！」

両手で忠助の二の腕を摑《つか》む。

忠助は「ああ……」と声を漏らした。（恐れていたことが現実になった）という顔つきだ。

「こぼんさん、いったい何をなさるおつもりなのや……？」

「お前の船が要るんや。友蔵《ともぞう》に仕返ししたる」

「こぼんさん、本気でそないなことを言うとられますのんか」

「本気や！　わいは、おとっつぁんを裏切った船頭の友蔵が許せんのや！」

直次は、摑んだ忠助の腕を強く揺さぶった。

「お前かて、長年仕《つか》えたお店を友蔵に潰されたんや。悔《くや》しゅうはないんか！」

忠助は、こわばった顔を背《そむ》けている。

「長年お仕えした逸見屋《いつみや》が潰されたのは……悔しゅうございますけども、しかしそれも、致し方のない話なんでございます」

「なにを言ぅとるんや」

「こぼんさんは、お店を無体《むたい》に〝潰された〟思ぅとるみたいでっけど、それは違いますのや。大旦那様がお上の法度《はっと》を破っていたのは、ほんまの事でっせ」

「な、なんだと……！　なんで、おとっつぁんが、そんな悪事を働くものか」

「危ない橋を渡らなければ、余所《よそ》さんのお店に先を越される。そういう世の中ですのんや。大旦那様も、剣呑《けんのん》やと重々承知で、法度を破らずにはいられなかったんですわ」

「嘘や！　忠助は、わいに諦《あきら》めさそう思ぅて、嘘ついとる！」

直次は執拗《しつよう》に忠助の身体《からだ》を揺さぶった。

「まさかお前、友蔵の側に寝返ったんやないやろうな！　おとっつぁんから受けた恩義を忘れて……！」

忠助が何かを言い掛けた、その時であった。

「話は聞かせてもらったぜぇ？」

荒れ果てた庭の隅《すみ》に置かれたガラクタの裏から声がした。一人の男が立ち上がった。

直次と忠助はギョッと目を見開いて、その男を見た。

縞《しま》の着流しを小悪党風に着崩した男が、右手を懐《ふところ》に突っ込んでいる。ニヤリと笑みを浮かべていたのだが、なにゆえかその顔には酷《ひど》く殴られた痕《あと》があった。片方の瞼が紫色に膨《ふく》れ上がっていた。

懐に突っ込んだ片手で匕首《あいくち》の柄《つか》を握っているらしい。着物の帯の上が棒状に突っ張っている。

「船を使って仕返しするとか言ってたな。手前ェたちゃア、お上に突き出されたらハイそれまでの悪事を企んでいやがったようだな――」

「こ、こぼんさん、お逃げなはれ！」

男が喋り終わるのを待たず、忠助が直次を突き飛ばした。そして遮二無二《しゃにむに》、男のほうに向かって飛び掛かっていった。このせっかちは、上方で言う〝いらち〟というものであろう。

「ちょっと待て！　話がある――」

男は慌てた。忠助は男に組みついて放さない。

「こぼんさん、逃げなはれ！」

直次は細い路地に向かって走った。

「この野郎ッ、俺の話を聞けッ」

忠助と男が雑草の中でもみ合う。二人でもつれ合いながら倒れた。その瞬間、

「ぎゃーっ」

忠助の絶叫が聞こえた。

「忠助！」

直次は路地の出口で振り返る。謎の男の、

「ちっ、やっちまった！」

という悪態が聞こえた。忠助は刺されてしまったのか。直次は恐ろしくてたまらない。忠助の安否を確かめることもせずに走って逃げた。

三

日が暮れると、江戸の町は闇と静寂に包まれる。

庶民の生活は日の出とともに始まって、日が暮れるとともに終わる。夜間の照明が乏《とぼ》しかった時代だ。商人も職人も、もちろん役人たちも、陽光のある時間しか働くことができない。

必然的に早寝早起きの生活になる。日が暮れたならさっさと寝て、日の出の前に起き出して飯を食い、日の出に間に合うように職場に向かう。

ところが、そんな江戸でも、夜の訪《おとず》れとともに華やぎを増す場所があった。吉《よし》原《わら》だ。

夕暮れとともに三味線の清掻《すががき》が弾き鳴らされ、籬《まがき》の奥に並んだ遊女が嬌声《きようせい》を競わせる。

軒下に吊《つ》るされた灯籠《とうろう》と、張見世《はりみせ》から洩《も》れる明かりに照らされて、街中が真昼のように明るい。闇の中に浮かび上がる夜道の光景──日本中を探しても、ここでしかお目にかかることができないだろう。

どこに目を向けても紅《くれない》色《いろ》の光と美女が目に飛び込んでくる。この世のものとも思えぬ艶《あで》やかさに酔客《すいきやく》たちの心はますます浮き立った。

紅色のベンガラで染められた籬は、見世の格式に応じて大きさが定められている。一面が籬になった〝惣籬《そうまがき》〟は、別名を大《おお》見世とも呼ばれ、吉原で最も高い格を誇り、値も張る。

そんな惣籬の『大黒屋《だいこくや》』から盛大な三味線と謡《うた》いの声が聞こえてくる。

仲《なか》の町《ちよう》（吉原の真ん中を延びる街路）をそぞろ歩く遊客たちが、二階座敷を見上げて感心しきりだ。

百目蠟燭《ひゃくめろうそく》が何十本も惜しげもなく立てられている様子だ。洩れた光が夜霧の中で光条《こうじょう》となって、まるで阿弥陀如来《あみだにょらい》の後光《ごこう》のようになっていた。

「ごたいそうな羽振《はぶ》りだべ。いったいどちら様のお座敷だべな」

「知らねぇのか、この田舎者め。吉原でこれだけの宴を張れる遊び人といったら、三国屋の若旦那さんに決まってらぁな」

「あれが噂の三国屋さんかい。江戸一番の粋人《すいじん》だってぇ評判の」

「江戸一番なんてもんじゃねぇぞ。唐天竺《からてんじく》を探したって、あれだけ銭離《ぜにばな》れの良いお人はいやぁしねぇぜ」

遊客たちが口々に評する。賛嘆《さんたん》する。

「それ〜っ、歌えや、踊れや〜」

調子の外れた声が、外の通りまで聞こえてきた。

卯之吉は身をクネクネとさせて踊っている。妙な足どりを踏み替えて、三味線弾きの前でクネクネしていたと思ったら、クルクルと回りながら金屏風《きんびょうぶ》の前でクネクネし、次には部屋の隅々にまでクネクネしながら移動した。

「なんなんだろうなぁ、あれは」

遊びや芸事にはおおよそ通じた朔太郎《さくたろう》でも、卯之吉の踊りの流派はわからない。この座敷でしか見ることのできない、謎の踊りだ。

この座敷でしか見ることができないといえば、幇間《ほうかん》の銀八《ぎんぱち》も同様である。

「いよっ、さすが！　日本一！」

盛《さか》んに旦那を褒《ほ》め称《たた》えているが、いちいち間合いを外しているので伴奏している芸妓《げいぎ》衆が迷惑そうな顔をした。

演奏中に調子の外れた声を上げられたなら、たしかに迷惑なことだろう。

と、そこへノッソリと、鴨居《かもい》をくぐりながら大男の侍が踏み込んできた。

朔太郎が見上げる。

「おう、源さんかい」

その男は、越後国の外様大名、山村藩《やまむらはん》、梅本《うめもと》家の三男坊、源之丞《げんのじょう》であった。

大名家の御曹司《おんぞうし》といえども三男ともなればただの穀潰しである。兄の二人が急死した際に備えて養われてはいるけれども、そんな幸運（大名家にとっては不幸）が巡ってくることはほとんどない。冷《ひ》や飯《めし》食いのまま生涯を終えるしかない。

不遇な暮らしの憂《う》さを晴らすためであろう、源之丞は傾《かぶ》き者《もの》を気取って遊里で暴れ回っている。吉原では知らぬ者のない快男児だ。

源之丞は無駄に凜々《りり》しい目を座敷中に投げた。それから朔太郎の隣にドッカと座った。

「卯之さんの座敷にしちゃあ珍しく、人が少ねぇな」

卯之吉は有り余る財力にものを言わせて遊女や芸人たちを集める。とにかく賑やかな宴会が好きなのだ。

ところがこの日は、源之丞が指摘したとおりで、卯之吉の宴会にしては人数が少ない。華やかな遊女たちは新造《しんぞう》を含めても十人ばかりしか侍《はべ》っていないし、音曲の芸人も二十人ほどしかいなかった。

「これだけいりゃあ、大宴会だろうが」

朔太郎は呆れた。

卯之吉と交際していると、常識の範囲とか、適度というものがわからなくなってしまう。

「吉原もこのところ景気が良いらしくてな。遊女や芸人の衆も、ほうぼうの座敷に呼ばれてらぁな。卯之さんは、金に飽かせて、人をかき集めるような野暮《やぼ》はしねぇからな」

座敷の声がかからなくて、お茶を引いている遊女や芸人がいるならば、いくらでも呼んで小判を撒《ま》き与えるけれども、余所の座敷の約束がある者を無理に引っ張ってきたりはしない。

「卯之さんの座敷が寂しいってことは、江戸の景気が良いってことだ。なによりの話だぜ」

「吉原に来て江戸の景気の心配をするとは、いやはや、ご苦労なことだ」

源之丞が大盃《おおさかずき》を手にして、振袖新造《ふりそで》に酌をさせながら、朔太郎をからかった。

「言ってろ」

朔太郎は色白でふくよかな豊頬《ほうきよう》をプッと膨らませた。

朔太郎は、この吉原では〝遊び人の朔太郎さん〟で通っているが、その実体は寺社奉行所の大検使《だいけんし》である。寺社奉行は幕府重役の登竜門であり、働き次第で、若年寄《わかどしより》、老中《ろうじゆう》と出世してゆく。

遊び人に身をやつしている朔太郎も、時として役人の目でものを見、役人の頭でものを考えてしまう。源之丞にそこを揶揄《やゆ》されたのだ。

「なんにしてもだ」

朔太郎は胡坐《あぐら》をかき直す。

「ここんところの災害続きで江戸の町も火が消えたようだったが、どうにか持ち直したみてぇだぜ」

江戸幕府は開幕以来、数々の天災に悩まされてきた。長雨による冷害や水害は数年ごとに起こった。

そのたびに人々は復興してきた。

「銭の力があればこそだ」

商業資本の蓄《たくわ》えが弾力となって国家の壊滅《かいめつ》を防いできたのだ。

金持ちたちの投げ銭（先行投資）によって、実態はともかく好景気が演出され、その銭が市場に行き渡り、人々は破産や飢え死にを免《まぬが》れることができた。

卯之吉はクネクネと踊っている。

「金がもの言う世の中――ってのは、誰からも忌《い》み嫌われるようだがね、金がものを言ってくれなかったなら、飢饉《ききん》や災害のたんびに、みんなで死ななきゃならねぇことになるのさ」

物々交換の世の中では、物がなくなった瞬間に経済が崩壊する。庶民が飢え死にをし始める。金がもの言う世の中ならば、資本と流通が生きている限り経済は死なない。

「なんの話をしてるんだよ」

源之丞は呆れ顔だ。

「悪い物でも食ったのか。飲めよ」

飲み干したばかりの盃を押しつけてくる。

「おっと、こいつはいけねぇ」

朔太郎は遊び人の物腰に戻って盃を受け取った。遊女に酌をさせてほくそ笑《え》むそぶりだ。

卯之吉が踊り終えてシナッと奇妙な見得《みえ》を切った。芸人たちはヤンヤの拍手だ。

卯之吉が席に戻ってきた。

「おや源さん。来ていなすったのですかえ」

「おう。お前さんの座敷があんまりにも寂しいもんでな。景気をつけにきてやったぜ」

などと言いつつ卯之吉の払いで飲み食いしていくのだから好《い》い面の皮だ、と朔太郎は思ったのだけれども黙っている。

下の通りを声高《こわだか》に、騒々しい集団が通っていく。源之丞が聞き耳を立てた。

「上方口《ぐち》(関西弁)だな」

卯之吉は小さな盃で上品に酒を飲んでから答えた。

「もうすっかり秋ですねぇ。上方のお人たちがお江戸に下ってくる季節になりました」

日本国の商業取引の中心は大坂で、消費の中心は江戸だ。

産物はいったん大坂に集積され、大坂で値がつけられて、江戸に送られてくる。秋は様々な産物の収穫期である。よって様々な商品を扱う商人たちが、大坂と江戸の間を行き来して、商取引と、幕府への報告を行った。

この季節は吉原も宴席で大賑わいだ。

騒々しい上方口の一団は、道を挟んだ向かい側の大見世に登楼《とうろう》するらしい。

「さぁさぁ、どうぞお大尽《だいじん》様がた! こちらが吉原でも一、二を争う大籬、紅扇《こうせん》屋《や》さんにございますよ!」

調子の良い幇間の声が聞こえてくる。

「そこン所は鴨居が低くなってございます。頭をおぶつけにならねぇように願いますよ。あいたぁ、言ってるそばから拙《せつ》がぶつけた。こいつぁとんだ大当たりだ！　皆様、縁起がおよろしい！」

幇間の軽口に笑い声が起こる。

「銀八とは大違いだな」

楽しく浮かれる客たちの姿が目に浮かぶようだ。朔太郎はなんとも微妙な顔つきで盃をクイッと呷《あお》った。

客たちは向かいの座敷に入った。そちらにも百目蠟燭が盛大に立てられている。

「上方の商人たちも、景気が良さそうでなによりだな」

朔太郎は横目で見て、そう言った。

向こうの座敷で拍手が起こる。女たちも歓声を上げた。主賓《しゆひん》が席に着いたらしい。

「それでは皆様、今宵は派手にまいりましょう！」

幇間の仕切りで三味線と太鼓が鳴らされ始めた。

源之丞も横目で向こうの座敷を見ていたが、突然に「ああっ」と大声を上げた。

「あいつは……、上郷備前守《かみざとびぜんのかみ》！」

「あんっ？」

朔太郎も顔を向けて、彼方《かなた》の座敷の上座にいる男の顔を見た。

「ああ、本当だ。上郷備前守様だな」

スッと背筋を伸ばして端座《たんざ》した武士。額《ひたい》と鼻が高く秀《ひい》でている。なにやら鷹《たか》を思わせる面相だ。

卯之吉も笑みを浮かべつつ目を向けている。

「朔太郎さんもご存じの御方なのですかえ。あたしは知らないよ」

「そりゃまぁ、お前ぇさんは商人だから……じゃねぇ、同心じゃねぇかよ。相手は柳営《りゅうえい》（幕府）の大身《たいしん》だぞ。知らねぇってのは、ちょっとおかしいぜ」

遊女たちには聞こえぬように小声で囁《ささや》いてみたが、卯之吉を相手に常識を語ったところで仕方がない。

「あいつは、つい先だってまで大坂の西町奉行だった男だ」

大坂の町奉行所は、東町奉行所と西町奉行所の二箇所がある。

「もしかするとアイツ、いずれは江戸の町奉行になるかもわからねぇ。そうしたら卯之さんの親方だ。粗略《そりゃく》にしねぇほうがいいぜ」

「そうですかね」

卯之吉はまったく他人事《ひとごと》、という顔つきだ。

「大坂のお奉行様だったお人だから、上方の商人衆に取り囲まれているのですねえ。なるほど、なるほど」

突然に源之丞が、憤然《ふんぜん》たる様子で立ち上がった。

「ヤツには五両の貸しがあるのだ！」

朔太郎が驚いて見上げる。

「なんだぇ。お前ぇさん、金貸しをやっていたのか」

「違う！　ウンスン骨牌《カルタ》だ」

「なんだと？　賭け事《かごと》か」

「そうだ！　五両の金を預けてある！」

「そりゃあ、預けてるんじゃなくて〝五両負けた借りがある〟ってヤツだろ」

「取り返してくれる！」

と息巻いたのに、出て行こうとはしない。口より先に走りだす源之丞にしては珍しく、逡巡《しゅんじゅん》する様子を見せていた。

「どうしたい？……ああ、そうか。賭け事の元手《もとで》がないのか」

賭け事に勝って以前の負けを取り戻そうと思っても、ただ今の元手がなければどうにもならない。

源之丞は、貧乏な外様の小藩の、冷や飯食らいの部屋住《へやずみ》である。金はない。

卯之吉はニッコリと笑った。

「それじゃあ、これをお貸しいたしましょう」

言うやいなや懐から紙入れを掴み出して差し出した。

紙入れは懐紙《かいし》や小物の入れ物だが、金持ちたちはそこに小判を入れる。分厚く膨らんだ紙入れを源之丞に押しつけた。

「おっ、すまんな」

「おい、ちょっとは遠慮をしろよ」

「なにを遠慮することがある。倍にして返してやるのだぞ。待っておれ」

悪びれた様子もなく紙入れを手にすると、座敷から飛び出して行った。

「駄目《だめ》だ、あれは」

朔太郎は即座に断言した。

「金の有り難みがわからねぇ野郎には、金を増やすことはできねぇ。卯之さん、急いで追いかけて、取り返したほうがいいぜ」

卯之吉は盃を手にしてホッコリと笑った。

「まったく仰《おっしゃ》るとおりですよ。あたしもね、金の有り難みがわからないもんですから、使い果たすばかりにございますよ」

「笑ってる場合かよ」

三国屋の主の徳右衛門《とくえもん》が〝悪徳商人〟の悪名をも顧《かえり》みず、心を鬼にして稼いだ金だ。

向かいの座敷が騒がしくなった。卯之吉は「うふふ」と笑った。

「源さんが乗り込みましたね？　さぁ皆さん、こっちも負けてはいられません。お向かいに引けをとらぬよう、派手にやりますよ！」

ジャンジャンと三味線を掻《か》き鳴らさせて、またしてもクネクネと舞い踊り始めた。

飲んで歌っていい気分になった頃、朔太郎がパタッと盃を伏せた。

「おや？」

踊り疲れて隣で飲んでいた卯之吉が首を傾《かし》げる。

「お加減でも悪いのですかね？」

「いや。今夜はそろそろ引き上げるとするよ」

「手前の座敷に、なにか不調法《ぶちょうほう》がありましたかねぇ」

不調法というのなら、銀八の幇間芸はやることなすこと不調法で、気を悪くして席を立つ者もいるに違いないが、そういうことではない。

「明日、役儀で浦賀《うらが》の寺まで行かなくちゃならねぇんだ。宮仕えの辛いところよ」

「浦賀でございますか。場所もよし、季節もよし、羨《うらや》ましいですねぇ」

「役儀で行くんだ。遊山《ゆさん》に行くわけじゃねぇ。浦賀の近くの寺が、お上に届け出もなく賭け事を主催しようとしているらしくてな……」

「はいはい」

卯之吉は聞いているのか、いないのか、盃を傾けている。朔太郎は思案顔で続ける。

「新綿番船《しんめんばんせん》を知ってるだろう」

「はいはい」

「西国《さいごく》でこの秋、最初に取れた新綿が、大坂の商人を介して江戸まで船で回送されてくる」

「確か、大坂の廻船問屋《かいせんどんや》の座（同業者組合）は、九つの店で出来ているのでございましたねぇ」

「よく知ってるじゃねぇか」

「そりゃあまあ、西国にも公領（徳川家直轄領《とくがわけちょっかつりょう》）がございますもの。大坂の米会所から運ばれてくる米を、三国屋でも商《あきな》わせていただいております」

「その廻船問屋の九店《くみせ》が、持ち船に新綿を積んで江戸まで送ってくる。それが毎年の競争になっている」

「江戸っ子は物好きでございますからねぇ。初鰹《はつがつお》だの新綿だのに大金を出して喜びますから。一刻も早く江戸に荷を運び込んで、高値で売り尽くしたいわけです」

朔太郎は（お前さんに『物好きだ』とは言われたくないだろう）と思ったけれども、それについては何も言わずに続ける。

「廻船問屋とすりゃあ、自前の船と抱えの船頭の腕自慢にもなるってんで、大坂をあげての祭に仕立て上げてらぁ」

「そろそろ大坂を出る季節ですねぇ」

「で、江戸中の賭け事好きが目の色を変えていやがる。魚心《うおごころ》あれば水心《みずごころ》だ。賭け事をしたいヤツがいるのなら、胴元《どうもと》になろうと企《たくら》む悪僧も出てくる」

江戸時代、賭け事の胴元となることを公儀より認められていたのは寺だけである。

ただし、それには条件があって、寺の建物の修繕や建て直しなどの金が必要な時だけに限られていた。寺社奉行所が査察《ささつ》して、賭け事開催の許可を出す。

しかし、賭け事の味をしめた寺側は、寺社奉行には内緒でこっそりと賭博を開帳したがる。悪銭を手にしたことで堕落するのは個人に限らないわけだ。

新綿番船の競争は年中行事で、江戸中が気にかけている。賭け事を催《もよお》せば大金が動く。そこに目をつけた悪僧たちがいたわけだ。

「寺社奉行所は暇《ひま》な役所だが、この季節だけは目の色を変えて走り回らなくちゃならねぇ」

「世に不届き者がいるかぎり、お役人様のご苦労は絶えませんねぇ」

（そういうお前だって悪党を取り締まる側の役人じゃねぇか）と朔太郎は思ったのだけれども黙っている。

「……そう言やあ、賭け事好きの不届き者はどうなった？」

向かいの座敷に目を向けた。

と、その源之丞がフラッと戻ってきた。朔太郎は見上げた。

「どうだったい？　元手は倍になったかよ」

源之丞は左手に卯之吉の紙入れを握り締めている。クシャッとなったその中には、小判が入っているようには見えなかった。

「駄目か……やっぱりな」

「困りましたねぇ。宴席の払いができなくなりましたよ」

卯之吉はさも愉快《ゆかい》そうに笑っている。

源之丞はドッカと胡坐をかいた。

「そんなものはツケでいい！」

朔太郎はいよいよもって呆れ果てた。

「ツケでいいかどうかを決めるのはこの見世の主で、お前ぇじゃねぇよ」

源之丞は銚釐《ちろり》に直接口をつけて酒をゴクゴクと飲んでいる。卯之吉は何が面白いのか、手を叩いて喜んだ。

四

源之丞は夜道をそぞろ歩いている。

卯之吉の座敷では大盃で酒を何杯も飲み干した。それでもこの男にとっては

〝ほろ酔い加減〟だ。酔い潰れるためには一斗の酒樽《さかだる》を空にしなければならない。それほどの酒豪なのであった。

月が夜道を照らしている。掘割が流れる寂しい場所に差しかかった。土手に沿って柳の木が植えられている。細く垂れた枝が風に靡《なび》いて、不気味な音をたてていた。

近在に民家は少ない。あっても住人は寝入っている。明かりの洩れている家は一軒もなかった。

源之丞は夏羽織《なつばおり》の袖を揺らしながら立ち止まった。

「出て参れ。いつまでわしを追《つ》けてくるつもりだ」

振り返り、足を踏み替えて道の真ん中で仁王立《におうだ》ちとなる。

背後に広がっていた闇を睨《にら》みつけると、黒い影がユラリと物陰から出現した。

「お気づきでございましたか。さすがに勘が鋭い」

山岡頭巾《やまおかずきん》を被って面相を隠した痩せた男であった。声の質から察するに六十を超えた老人か。着流しの町人姿である。

源之丞は「ふんっ」と鼻先で笑った。

「気づくも気づかぬもあるまい。大勢でゾロゾロとついてきおって。大名行列でもあるまいに」

さらに幾つもの人影が現われる。総勢で五名。刀を閂差《かんぬきざ》しにした浪人姿の四人が、老人を真ん中にして集まった。

源之丞は呆れ顔だ。

「わしは素寒貧《すかんぴん》だ。五人がかりで襲ったところで得る物など何もない。銭を持っていそうな相手を襲うがよい。帰れ帰れ」

老人は頭巾の下で笑ったようだ。

「手前どもが欲しいのは銭ではないのでございまして。お手向かいさせていただきまするぞ」

浪人たちがバサバサと袴《はかま》を鳴らしながら前に出てきた。腰の刀を一斉に抜いた。

「わしの命が欲しいのか。鐚銭一文《びたせんいちもん》よりも値打ちがないぞ。たわけ者どもめが」

源之丞も刀を引き抜いた。と同時に——、

「とわーっ！」

浪人の一人が大上段に振りかぶって斬りつけてきた。

源之丞は相手の刀が振り下ろされるよりも先に、敵の懐に飛び込んだ。ズンッと踏み込むなり、刀の柄を握ったままの拳《こぶし》を叩き込んだ。

「ぐほっ！」

浪人が呻《うめ》く。拳は急所の肝臓を強打している。浪人は白目《しろめ》を剝《む》いて倒れた。

「未熟者めが。貴様など、刀で斬るまでもない」

源之丞は地べたに倒れた浪人を冷《ひや》やかに見下ろした。

「次は誰じゃ」

嘲弄《ちょうろう》する目を向けられて、

「おのれっ」

浪人二人がいきり立って突っ込んできた。

「馬鹿めが！」

源之丞は体《たい》をかわす。

仲間の動きも、ろくろく見ないで突進してきた浪人二人は、互いに肩をぶつけあった。

弾かれて体勢を崩したところへ源之丞が踏み込んでいく。

「トウッ、ヤッ！」

刀を二回振っただけで、二人の浪人は為《な》す術《すべ》もなく打ちのめされ、悲鳴を上げてへたり込んだ。

「峰打《みねう》ちだ。安心しろ」

とは言え、肩の骨の砕けるすさまじい音がした。

「ぐわっ……腕が……」

片方の浪人が呻いている。

「自業自得である。わしを斬り殺すつもりだったのだろう。肩の骨を砕くだけで済ませてやったのは、わしの思いやりだと心得《こころえ》よ」

源之丞は足元に倒れていたもう片割れを蹴《け》り払う。

「お前はいつまで転がっておる気だ。退《ど》けィ、邪魔だ！」

蹴られた浪人はゴロゴロと転がっていった。

源之丞の目は、最後の浪人に向けられている。

「お前だけは、そこそこ使えるようだな」

浪人は闇の中に立っている。他の三人のように無駄にいきり立つこともなく、殺気を静かにひそめている。

源之丞は片肌《かたはだ》脱ぎとなった。次いで、刀の柄を持ちかえると、もう片方の袖からも腕を抜いた。上半身裸の両肌《もろはだ》脱ぎとなる。

真剣を前にして肌を晒《さら》すのは自殺行為だ。着物一枚でも、あるのとないのとでは、傷の深さに雲泥《うんでい》の差が出る。

だが、ここは邪魔な袖をあえて外すことで、身動きを俊敏にするほうを選んだ。いかにも源之丞らしい蛮勇《ばんゆう》であった。

浪人のほうは履いていた下駄《げた》を脱いだ。足袋裸足《たびはだし》となる。親指が上がり、踵《かかと》で地を踏んでいる。地の踏み方ひとつを見ただけでも、そうとうの修練を積んだ剣客だと知れた。

浪人が刀を抜く。真横に払ってから八相《はっそう》に刀身を立てた。

八相は、駆け寄り様《ざま》に斬りつけるための構えだ。遠い間合いでの構えである。源之丞も相手に応じて、ジリッ、ジリッと足を踏み替えていく。

静寂が夜の街を包む。風に靡いた柳の枝がサラサラと音を立てているが、二人は瞬《まばた》きもしない。

睨み合う目と目の間で斬撃《ざんげき》の気が膨れ上がった。相撲取りが土俵に拳をついて、立ち上がる一瞬を待つかのような緊張感だ。

見守る老人も、頭巾《こ》の穴から出した目元に汗を滲ませている。こちらも瞬きができない。汗が一滴、凝らした目頭を伝って流れた。

その瞬間、斬撃の気が弾けた。

「タアッ！」

「おうッ！」

踏み出した二人の影が交差する。二本の白刃《しらは》が銀色《しろがねいろ》の円弧を描いて振り下ろされた。

ギンッ——とすさまじい金属音が響く。黄色い火花が飛び散った。

二人の影が行き違い、瞬時に離れた。身を返し様、源之丞は真横に刀を振り払った。

二人は間合いを取って離れて、再び刀を構え直す。浪人の着物の袖がハラリと裂けた。源之丞の刀が切り裂いたのだ。しかし、相手の腕までは達していない。

二人は目を怒《いか》らせて睨み合う。そしてまたもや斬撃の気勢が膨らもうとした。

その時、

「お待ちくだされ！」

老人が大声を張り上げた。

「そこまで——にしていただきとうございます」

老人は二人の間に割って入った。そして源之丞に向かって折り目正しく低頭した。

「ただ今のご無礼は、あなた様の剣の腕前を見せていただくためのものにございました。なにとぞご堪忍《かんにん》を賜《たまわ》り、お刀をお引き願いまする」

源之丞は油断なく、老人と浪人を睨みつけている。油断を誘おうという策かもしれない。こちらからは刀を納めることはできない。

浪人が先に殺気を緩《ゆる》めた。「フンッ」と鼻息を吹くと、刀をパチリと鞘《さや》に納めた。

「よかろう」

源之丞も納刀《のうとう》する。老人は、

「お聞き分けくださいまして、まことにありがとうございまする」

そう言って、また頭を下げた。

倒されて悶絶《もんぜつ》、あるいは昏倒《こんとう》していた浪人たちも、互いに庇《かば》いあいながら立ち上がる。

源之丞は油断なく老人の振る舞いに目を配っている。

「して？　腕試しとはなんのことだ。わしの武芸の程を見計らって、なんとするつもりか」

「おそれながら」

老人は上目づかいに源之丞の目を覗きこんできた。頭巾の下でニヤリと笑った気配があった。

「あなた様の博打のお腕前のほどは、先ほど、吉原のお座敷で見定めさせていただきました」

「あっ」

源之丞は声を漏らした。

「あそこにいた商人の一人か……！」

「左様にございます。博打のお腕前のほうは、口ほどにもないご様子で……」

「ええい、煩《うるさ》い！　今夜はたまたまツキがなかっただけだ。勝ち負けを均《なら》せば、いく分かは勝っておる」

負けの込んでいる博打好きに特有の物言いをする。こんなふうに都合よく記憶を改竄《かいざん》している限り、今後も賭け事に負け続けるわけだが、そうは思わないのが博打好きだ。

老人の目がますます嫌らしい笑みを含んで細められた。

「あれほど派手にお負けになられる御方は、滅多《めった》におられませぬ」

「褒めておるようには聞こえぬ」

「褒めてはおりませぬ。さぞや借金に苦しめられておられることと、お察しておるのでございます」

「手許不如意《ふにょい》はそのとおりだが、憐《あわ》れみを受ける謂れはない」

「金策にお困りではございませぬかな？　博打の元手がご入用ならば、手前が用立てをいたしましょう」

源之丞は胡散臭《うさんくさ》そうに老人を見ている。

「見返りはなんだ。貴様のようなヤツがただで銭を恵むはずがあるまい」

「はて？　手前がそのような駆け引きを弄《ろう》する者に見えましょうか」

「わしとて物乞《ものご》いではない。貴様の喜捨《きしゃ》を受ける謂れはない」

「これは、恐れ入りましてございまする」

「借金に苦しむ者たちの足元を見て、己《おの》が意のままに操ってくれよう――などと企んでおるのに相違ない。ここの浪人どもも、おおかたそのようにして貴様に魂《たましい》を売ったのであろう」

源之丞と斬り結んだ浪人たちの顔が引き攣《つ》った。そのとおりであったらしい。

老人は頭巾の下で忍び笑いを漏らしている。

「そこまでお見通しなのでございましたならば、こちらも包み隠さず、有体《ありてい》に申し上げましょう」

怪しい上目づかいの目が光った。

「あなた様に退治していただきたい者どもがおるのでございまする。あなた様の腕前を見込んでお願い申し上げまする」

「そんなことであろうと思っておった。こうまで予想どおりだと逆に驚く」

「生かしておいては世のためにならぬ者を斬っていただくのでございまする。いわば世直しにございます」

「上方には、銭で人の命を遣《や》り取りする者がおると聞いたが、お前がそれか」

「大坂は商いの町でございますれば、銭で買えないものは何もございませぬ。売り買いができるものがあるならば、売り買いをする商人がいるのは当然のこと」

「否定はせぬのだな」

老人は源之丞を見つめている。

「お返事を賜りたく」

「ならば答えよう。いかなる理屈があろうとも、人斬りは法度に触れておる。武士たる者、法度に触れることはできぬ」

きっぱりと言うと、老人は声を上げて笑った。

「これはまた、異なことを仰《おお》せになられまする」

「なんじゃと？」

「今の世の中、ご身分の高いお武家様ほど、法度を踏みにじって私腹を肥やしておられまする。馬鹿正直に法度を守ろうものならば、他人より十歩も百歩も、後《おく》れを取ってしまう世の中でございます。ご覧なされ。筆頭ご老中様の本多出雲守《ほんだいずものかみ》様を初めとして、皆々様が手前勝手に法度を破って、我が世の春を謳歌《おうか》しておられるではございませぬか」

「むむ……。それは一理あるな」

「あなた様お一人だけが法度を守って貧乏暮らしをすることはございませぬ」

「思いの外《ほか》、心に沁《し》みる言葉だ」

卯之吉を見ているだけに、そう思う。

「いかがでございましょう。手前どもにお力をお貸しくださいませぬか」

源之丞は、（このわしが何者かを知っての物言いなのだろうか）と訝《いぶか》しく思った。

おそらくは何も知らずに声をかけてきたのに違いない。源之丞は、傾き者を気取って片身違《かたみちが》い（着物の左右を違う柄の布地で仕立てること）の、珍妙な格好をしている。大名家の御曹司には見えないだろうと自分でも思う。

「断る！……と言いたきところなれど」

老人がニヤリと笑って目を向けてきた。源之丞は続ける。

「無聊の慰めには、なりそうだな。その仕事、やって面白い仕事か」

「それはもう。一度手に染めたならば、何度でも手をつけてしまうという、面白くてたまらぬ仕事でございます」

「ならば良い！　退屈で退屈で死にそうになっておったところだ！　退屈凌《しの》ぎにお前の口車《くちぐるま》に乗ってみようではないか」

「これはこれは……。そのようなお志《こころざし》で手前の仕事をお手伝いくださる御方は、あなた様が初めてでございます」

「瘦せ浪人のような、素寒貧ばかりを雇っておるからだ」

「一言《いちごん》もございませぬ」

「ともあれ一献《いっこん》飲ませろ。刀なんぞを振り回したせいで喉《のど》が渇いた」

「お安い御用にございまする。支度金《したくきん》代わりに、いかほどでもお酒をご用意いたしまする」

老人は更《あらた》めて低頭した。

「申し遅れました。手前は、大坂の廻船問屋、常滑屋儀兵衛《とこなめやぎへえ》と申しまする」

「常滑屋か」

常滑は尾張国《おわりのくに》知多《ちた》半島《はんとう》の港町である。伊勢湾《いせわん》の舟運《しゅううん》で大昔から栄えている。

「こちらは越前谷《えちぜんだに》渓山《けいざん》先生」

常滑屋は例の浪人を指した。

名前だけ聞くと絵師か陶芸家《とうげいか》のようである。殺気走《さっきばし》った青い顔の剣客浪人には似合わない。

「さては常滑焼の陶工か」

源之丞が軽口でからかうと、渓山はますますムッと険しい顔をした。

「わしの名は梅――梅林《うめばやし》源之助《げんのすけ》だ」

「それでは梅林様。手前の馴染《なじ》みの見世にご案内いたしましょう」

老人は源之丞を誘って夜の町に踏み出した。浪人剣客は源之丞の背後にピタリとついた。

「美味《うま》い酒を頼むぞ」

源之丞は着物を元に戻すと、袖を揺らして歩き出した。

いつの間にか掘割から湧《わ》いた夜霧が辺りを包んでいる。源之丞たちの姿は霧の中に消えた。

五

翌朝――、いつものように卯之吉は、出仕の刻限である四ツ（午前十時ごろ）になってから、南町奉行所の門前にやってきた。

四ツともなれば、江戸の町はもう朝ではない。棒手振《ぼてふ》りの魚屋はとっくに朝の仕事を終えて、ひとっ風呂《ぷろ》浴び、昼の仕事の仕入れのために魚河岸《うおがし》を目指している頃合いだ。

町奉行所の役人たちも出仕の前に町の顔役たちや、俗に言う岡っ引《おかぴ》きなどを集めて、市中の情報を収集する。髷《まげ》を結《ゆ》わせる髪結いも情報収集源だ。町人たちの床屋政談を告げ口させる。町人の悪態にまで気を配るのだから、町奉行所も生真《きま》面目《じめ》な役所である。

それから町奉行所に出仕して、同心同士で情報交換をする。

卯之吉のように、出仕時刻のギリギリまで寝ている、などという怠惰《たいだ》なことはしていない。

卯之吉は昨夜も――というより今朝も――空の白むまで宴を張っていた。それから駕籠《かご》で屋敷に戻って寝た。当然まだまだ寝足りない。半分寝ぼけたような顔つきで南町奉行所の耳門《じもん》をくぐろうとした。

途端に、

「どけっ！」

血相を変えて飛び出してきた筆頭同心、村田銕三郎《むらたてつさぶろう》に突き飛ばされた。

それだけではない。次々と同心たちが走り出てくる。通りの真ん中に立っていた卯之吉は、右に左にと突き飛ばされ、強風の中の枯れ葉のように振り回された。

「あ〜れ〜」

突風のような集団が走り去った後で、クルクルと回転しながらその場にパッタリと倒れ込む。

お供の銀八に助けられて、ようやくに身を起こした。

「なんだろうねぇ、乱暴な……」

「なんだろうねぇ、って、大事が起こったのに違《ちげ》ぇねぇでげすよ」

ともかく立たせなければならない。

卯之吉は〝江戸で五指に数えられる剣豪〟で〝南北町奉行所きっての辣腕《らつわん》同心〟ということになっている。

「さぁ立つでげすよ。町奉行所には町の衆もやって来るんでげすから」

無様《ぶざま》な姿を晒すわけにはゆかない。

放っておくと卯之吉は、このままここで眠ってしまいかねない。とにもかくにも怠惰な男だ。

卯之吉を立たせて、着物の汚れを叩いて落とす。卯之吉はボーッとしたまま何もしない。二日酔いも酷いようだ。手を引いてやってようやく、南町奉行所の門内に入った。

奉行所の小者《こもの》が玄関前を箒《ほうき》で掃いている。

「安《やす》さん、おはようさんでげす」

小者の安太郎《やすたろう》は、そろそろ隠居の老体だ。皺《しわ》だらけの顔を憎体《にくてい》に歪《ゆが》めてジロリと銀八を見た。

「こんな昼時分に『おはよう』なんて挨拶《あいさつ》をよこすのは手前ぇと手前ぇの旦那だけだぜ」

愛想と口が悪い。

銀八は職業柄、道化染《どうけじ》みた態度で頭を掻いた。

「こいつぁとんだお叱《しか》りでげす。ところで今の騒ぎは、なんなんでげすかね？」

「殺しだそうだ」

「えっ、殺し……」

「芝の永井町に骸《むくろ》が転がってたらしいや。おい、お前ぇの旦那は駆けつけなくてもいいのかい」

銀八が目を向けると卯之吉は、框《かまち》からノソノソと奉行所の建物に入ろうとしているところであった。

長火鉢《ながひばち》の前に陣取って居眠りをするつもりなのだろう。江戸の市中で起こった事件になど、なんの関心もない様子であった。

第二章　殺された男と消えた男

一

骸《むくろ》は、潰れ店の裏庭に転がっていた。

「荒れ果てていやがるな」

村田銕三郎は周囲に鋭い眼光を投げつけている。

背の高い雑草が生えている。そろそろ枯れ草になりかけて、種を盛大につけていた。子供たちが〝ひっつきむし〟などと呼んでいる類《たぐい》の種だ。

死体を検《あらた》めるために同心と小者たちが草むらに分け入っている。種が羽織や小袖についてしまって、難儀《なんぎ》をしている様子であった。

町内に建つ番屋の番太郎が、額から大汗を滴《したた》らせながら恐縮《きようしゆく》している。相撲取り崩れだという話だが、大きな身体《からだ》を小さく竦《すく》めさせていた。

番屋は町ごとに置かれて治安の維持にあたっている。番太郎は、主に夜間に小屋に詰める雇われ者だ。自分が詰めていた夜に殺人があったので、どんなお叱りを受けるものかと心配になり、戦々恐々《せんせんきょうきょう》としている様子であった。

もう一人、別の町人が見守っている。こちらは四十代半ばの小柄な商人で、番太郎の隣で身を縮めている。町内の自治を担当する町役人《ちょうやくにん》とのことであった。

町役人は、町奉行所から町人地の管理を委託された者をいう。近隣で暮らす商人のうちの、大店《おおだな》の主人で、かつ信用のおける者が選ばれる。

ちなみに町奉行所の与力や同心たちは、町方役人と呼ばれて区別される。

村田はまずは番太郎に質《ただ》した。

「骸を見つけたのは誰でぃ」

「へいっ！　近くの長屋に住んでいる早起きの年寄りで、野良犬が集まっているんで追い払おうとしたところ、骸を見つけた……って言っておりやす！」

番太郎は甲高《かんだか》く上擦《うわず》った声で答えた。

「その年寄りは信のおけるヤツなのか。往々《おうおう》にして殺しってのは、骸を見つけたと言い張るヤツが下手人《げしゅにん》だぜ」

その問いには町役人が答える。頭を何度も下げながら喋《しゃべ》った。

「親父《おやじ》の代から町内に住んでおります。へい。町内一の古株ですが、面倒事や騒動を起こしたって話は聞いておりません」

「親の代から江戸者で、本人も堅気《かたぎ》か。それなら信用はおけるな」

「腰の曲がった枯れ木のような爺《じい》さんでして、あの細腕で人を殺せるとは思えません。びっくりしすぎて寝込んじまったような有り様でして……へい」

草むらに面して家屋が建っている。風雨にさらされて傷《いた》んだ雨戸が嵌《は》められてあった。

「ここは店仕舞《みせじま》いをしているのか」

「へい。左様《さよう》にございます。一昨年《おととし》の暮れまでは、独り者の年寄りが小商いの薬屋を営んでおりましたが、なにぶんこの辺りは、入り組んだ細い道の奥にございまして、通りを歩く者も少なく、商売をするには不向きでございまして、へい。しかもちょっとした高台になっておりまして、掘割も通すことができず、売り物は荷で運び込まなければならないので、大変なんでございますよ」

緊張しているのか、なんなのか、クドクドと無意味なことを一生懸命に説明している。

「生国《しょうごく》の田舎で作られている薬をお江戸で売ろうって腹積もりだったようで。富山《とやま》の薬売りじゃああるまいに、花のお江戸で田舎者の薬なんか、売れたもんじゃあないでしょうに」

「薬屋な……」

「一昨年の暮れに店仕舞いした後は、借り手がついていないのか」

「へい。商売に不向きな場所だってこたぁ、玄人《くろうと》にはすぐに見抜かれてしまいますもので。家主さんも困っておるのでございます」

そういう寂しい場所だから、殺しの場所に選ばれたのか。

それとも、殺すつもりはなく、人目につかない場所で密談をしていたのだが、話がこじれて殺し合いになってしまったのか。

草むらの中に骸が仰向《あおむ》けに倒れている。両脚だけが見えている。

「借り手を見つけたいのなら、せめて草刈りぐらいはしておけ、と、家主に伝えておけ」

村田は町役人に背を向けると、草むらの中に踏み込んで行く。

荒れ地にしておくから、犯罪の現場となってしまうのである。村田とすれば憤《ふん》懣《まん》やる方ない思いだ。

町役人は恐縮しきった態度で「へい、へいっ」と頭を下げた。

村田は骸《むくろ》を見下ろした。

「ここで殺られたんだな」

倒れた場所の地面や草が血を吸っていた。余所《よそ》で殺されて、ここに運ばれてきて投棄《とうき》された死体なら、こうまで大量の血は流れない。

周囲の草が乱れている。

「村田さん」

先に乗り込んでいた尾上伸平《おがみしんぺい》が注意を促《うなが》した。

「ここの土がえぐれてます。足で踏みにじったような跡ですよ」

村田は着物の裾《すそ》を払いながら屈み込んで、尾上が指差した地面を睨《にら》んだ。

「争った跡だ。草も乱れている。間違いねぇ」

それから村田は骸の足を見た。右足は裸足《はだし》だが、左足には雪駄《せった》がつっかけてある。もう片方の雪駄も、少し離れた場所にあった。

「仏は雪駄履き……ってこたぁ旅人じゃねぇな。江戸の市中で暮らしているか、江戸に宿借りしていたヤツだ。一方の相手は草鞋《わらじ》を履いていたようだな」

村田はもうひとつの足跡を観察する。

「この大きさは男の足だ。江戸の外から来たヤツか。それとも渡世人《とせいにん》か」

博徒などのヤクザ者は江戸での定住を許されていない。定住をするためには荒海一家のように表稼業を申請する必要がある。

とはいえ江戸にはヤクザ者たちが大勢いる。彼らは〝旅の途中でたまたま江戸を通っただけ〟という建前を装《よそお》っている。

だからヤクザ者たちは常に、笠や合羽《カッパ》を着けた旅烏《たびがらす》姿なのだ。

下手人の草鞋を目にした尾上と村田は、真っ先に渡世人の姿を思い浮かべたのであった。

しかしである。渡世人というだけでは雲を摑《つか》むような話だ。しかも下手人が渡世人であれば、殺しをした後、すぐに江戸の外に逃げて行ってしまう。

「おっと、よく見ろ。ここから走って逃げた野郎が、もう一人いるぜ。そいつは雪駄を履いてる」

村田鋳三郎は土の下に一対の足跡を見つけた。その足跡を目で追って路地に向かう。表通りに出てすぐに足跡は消えてしまった。通りを歩く大勢に踏み消されてしまったのだ。

おおかたそんなことだろうと思っていたので、気落ちもせずに戻ってくる。

小者が骸から着物を剝《は》いでいた。血の気を失った肌が露わとなった。

村田は近づいて目を凝《こ》らした。

「鳩尾《みぞおち》の急所を短刀で刺されている。刃を上にして刺して、肺腑《はいふ》を突き上げたんだ」

素人《しろうと》はたいてい、刃を下にして構える。包丁などは刃を下向きに使用するので、刃は下に向けるものだという思い込みがある。もちろん武士も、刃を下にする。

刃を上にして構えるのは、ヤクザ者だけなのだ。

「殺しに慣れたヤツの凶行ですかね」

「いいや。組んずほぐれつもみ合っているうちに、刺さっちまったんだと思うぜ。第一に周りの枯れ草が薙《な》ぎ倒されてる。第二に、刃物でえぐった痕《あと》が乱れている。ひと刺しで貫いたんじゃねぇ。刺さった後も揉《も》み合ったから、傷口が大きく裂かれて開いたんだ。おいッ、ひっくり返してみろ」

村田の指図《さしず》で、小者が死体を俯《うつぶ》せにさせた。背中には死斑《しはん》が浮かんでいる。それ以外は綺麗《きれい》なものだ。

「背中に傷はねぇな」

村田は背中の死斑を確かめる。

「死んだのは昨日の夕刻頃だな。その証拠に提灯《ちょうちん》も落ちていねぇ。この仏は、日のあるうちに塒《ねぐら》に帰るつもりだったのに違いねぇ」

「日のあるうちに帰るつもりで、冥土《めいど》の旅に出ちゃったんですねぇ」

村田はジロリと睨んだ。

「気の利いたことでも言ったつもりか？」

「いえいえ。南無阿弥陀仏《なむあみだぶつ》、南無阿弥陀仏」

尾上は仏に手を合わせた。

町役人は草むらの向こうで伸び上がるようにして、こちらを見ている。村田は町役人のところへ戻った。

「昨夜は月締めだったな。お前ぇの差配する長屋では、家賃を集めたか」

「へい。もちろんでございますが」

町役人は長屋の管理と家賃徴収も担当している。家賃の内の何割かは棟別銭《むなべちせん》（固定資産税）として幕府に上納される。

「近在の大家連を残らず当たれ。家賃を払わずに行方をくらましている野郎がいるはずだ。仏は着流しの雪駄履きだ。この近くに住んでいたとも考えられる」

「へいっ、すぐに手配して参ります」

町役人は走り去った。

「それじゃなかったら旅人か。荷物を置いたまま戻って来ない客がいねぇかどうか、旅籠《はたご》を当たらなくちゃならねぇな」

やるべきことを淡々と片づけてゆけば、いつかは仏の身許にたどり着く。村田は検屍《けんし》を続けた。


「ふわあ〜っ。よく寝たぞ」

源之丞が大きく背伸びをしながら、甲板《かんぱん》に上がってきた。

「おうッ、今日も気分よく晴れておるな！」

ウミネコが鳴いている。けたたましく鳴き交わしながら、白い翼が源之丞の頭上を飛び越えていった。

真っ白な帆を揚げた船が行き過ぎる。周囲は紺碧《こんぺき》の海だ。彼方《かなた》にみえる山並みは房総《ぼうそう》半島であろうか。

鉄炮洲《てっぽうず》の商家の建ち並ぶ様子も見える。

（江戸はすぐ近くだが、これでは行き来も叶《かな》わぬな）

源之丞は思った。

鉄砲洲沖に停泊する大きな船に源之丞は乗せられている。大きすぎる船は河岸に着けられることなく、洋上で荷の上げ下ろしをする。陸地に近づきすぎると座《ざ》礁《しょう》してしまうからだ。

伝《てん》馬《ま》船《せん》がなければどこにも行けない。拘《こう》禁《きん》はされていないものの、船に閉じ込められているのも同然であった。

昨夜、常滑屋儀兵衛の誘いに乗った源之丞は、料理茶屋（料亭）で大酒を喰《く》らった後、伝馬船でこの大船に連れ込まれた。

（迂《う》闊《かつ》であったな。このような手段でわしを虜《とりこ》とするとは）

常滑屋は悪党に違いないと源之丞は睨んでいる。とすればこの船は悪党たちの巣《そう》窟《くつ》だ。

源之丞の目《もく》論《ろ》見《み》では、常滑屋の思惑や悪党仲間を探った後で、卯之吉に子《し》細《さい》を伝えるつもりであった。

ところがこれでは、南町奉行所にも、八《はっ》丁《ちょう》堀《ぼり》にも行けない。

鉄砲洲から八丁堀はすぐ近くだ。大声で叫べば聞こえそうな距離なのに、卯之吉に繋《つな》ぎがつけられない。

（ま、ジタバタしたところで、どうにもなるまい）

源之丞は両腕を大きく振り上げて背伸びをした。ついでに大欠伸《おおあくび》もした。

「まこと、見事な秋晴れだな」

江戸の内海をグルリと一望し、白い歯を見せて笑っている。何事が起ころうとも陰鬱《いんうつ》にしていることのできない性格なのであった。

「よく眠れたようだな」

突然、男の声が聞こえてきた。

帆柱《ほばしら》の根元に、浪人剣客の越前谷渓山の姿があった。長刀を抱いて座っている。油断のない目を源之丞に向けていた。

「なんじゃお前、そこにおったのか」

源之丞は朗《ほが》らかに笑った。

「煤《すす》けて汚らしい着物を着ておるからわからなかった。ごみ袋が置いてあるのかと思うたぞ」

悪気はまったくないのだが、朗々と厭味《いやみ》なことを口にする。この性格のせいで喧嘩《けんか》が絶えないが、喧嘩も大好きときているから始末が悪い。

「その顔色と顔つきから察するに、さてはお前、昨夜《ゆうべ》は眠れなかったものと見えるな。船は苦手か？　酔ってしまったのか」

渓山が眠れなかった理由は源之丞を見張るためだ。

船倉に閉じ込められて見張られているほうが高いびきをかいていたのだから、好《い》い面《つら》の皮であった。

渓山は無言である。生来無口な男なのか、それとも無駄な会話はするなと命じられているのか、わからない。

（ま、なんにせよ身動きはままならぬ。相手が動きを見せるまでは、大人しくしているといたすか）

甲板に木の箱が積まれている。源之丞はわざわざ箱に上がってドッカリと大《お》胡坐《あぐら》をかいた。

「腹が減ったぞ！　飯をよこせ！」

大声で吠えると、渓山はますます不愉快そうな顔つきとなった。

卯之吉は同心詰所《つめしょ》の火鉢の前に座っている。居眠りを、それも熟睡を、している。

他の同心たちは皆、並べた文机《ふづくえ》に向かって書き物をしている。卯之吉の居眠りを気にする者は一人もいない。猫が寝ているのと同じくらいに無視されていた。

そこへドカドカと足音も荒々しく、村田銕三郎が飛び込んできた。

「仏の身許が割れたッ」

炯々《けいけい》と光る目を尾上伸平に向ける。

村田銕三郎は悪事に立ち向かう時、肉食獣のような鋭い闘志を剝《む》き出しにさせる。

尾上は文机の前で背筋を伸ばし、座り直した。

「さすがは村田様。手早いお働き！」

「世辞《せじ》などいらねぇ！　永井町の裏店で暮らす独り者が、昨夜から帰《けえ》ってねぇそうだ。お前ぇ、ひとっ走りして確かめて来いッ。骸は大番屋に寝かせてある。その長屋の大家に面通しをさせるんだ」

「ふわぁ〜い」

突然に卯之吉が、長火鉢の前で返事をした。明らかに寝ぼけている。

「お前ぇに向かって言ったんじゃねぇ！」

村田銕三郎が青筋を立てて激怒した。

二

「ああ、やれやれ。村田さんも人使いが荒いよなぁ」

尾上伸平はブツクサと愚痴《ぐち》をこぼしながら芝の永井町に向かう。

正午を過ぎると、江戸の町中は夏を思わせるほどに暑くなった。車引きたちは木陰《こかげ》で昼寝を決め込んでいる。そんな景色を横目にしながら歩けば、当然こちらのやる気も失われてくる。

「だいたい俺は、仕事ができ過ぎるんだよなぁ」

仕事ができない同心なら、誰からも期待されず、仕事を任されることもない。

「ハチマキみたいに怠惰《たいだ》な人間になりたいよ」

南北町奉行所きっての辣腕《らつわん》同心と評判の八巻《やまき》卯之吉だが、さすがに町奉行所内には、そんなおかしな誤解をしている者はいない。

「俺も昼間っから居眠りを決め込んでみようかなぁ。だけど、村田さんのお叱りは怖いしなぁ……」

などと言っているうちに、馴染みの茶店の茶汲《ちゃく》み女に声をかけられた。

「おう、お前か。今日は化粧ののりが良いようじゃねぇか」

などとヤニ下がりつつ女と無駄話をしてから、永井町の大番屋に向かった。

町ごとにある番屋を束ねているのが大番屋だ。大番屋には番太郎が数人、詰めていて、呼子笛《よびこぶえ》が吹かれるやいなや、刺股《さすまた》などの捕り物道具を抱えてかけつける。そういう手筈《てはず》になっている。罪人を閉じ込めるための簡易な牢屋も作られてあった。

「南町の尾上だ」

大番屋の障子戸を開けながら声を放った。そして尾上はギョッとなった。

「手前ぇ！　ここで何をやっていやがる」

大番屋の奥の暗がりに八巻卯之吉がチョコンと座っていたのだ。

大番屋には広い土間があり、その奥は一段高く造られた板の間になっている。

卯之吉は行儀よく正座して、番太郎が淹《い》れたお茶を啜《すす》っていた。

「これはこれは尾上様。ずいぶんと遅いお着きで。話はもうぜんぶ、こちらの大家さんから伺《うかが》っちゃいましたよ」

猫のような顔で微笑《ほほえ》んだ。

土間には、番太郎の他に、六十歳ばかりの町人が立っていた。羽織をつけて畏《かしこ》まっている。

他には小者の銀八と、八巻の手下を自任する俠客《きようかく》の大物、荒海ノ三右衛門がいた。

尾上は卯之吉に質《ただ》した。

「なんだってお前ぇがここにいるんだよ！」

卯之吉はヘラヘラと笑っている。

「村田様に命じられて来たんですよ。あの時、尾上様も同心詰所にいらしたでしょうに」

「お前ぇが『行け』と命じられたんじゃねぇだろうよ」

尾上は内心（しまった）と思った。水茶屋の女なんかをからかっている間に、よりにもよって卯之吉に先を越されてしまったのだ。

大家は腰を屈めて恐縮しきった顔つきだ。

「……天下に名高い南町の八巻様に、直々《じきじき》のご諮問《しもん》を頂戴《ちようだい》いたしますとは……我が身の果報、末代《まつだい》までの語り種《ぐさ》にございまする……」

しきりに低頭している。

どうやらこの大家も、壮大な誤解をしている口らしい。

（まったく、どいつもこいつも……、なんだってこんな役立たずを切れ者だなん

て思い込むんだ）

尾上は不愉快だ。つまり自分たち、他の同心は、八巻卯之吉よりも才覚がないと考えられている、ということではないか。

（そんな馬鹿な話があるか！）

自分が犬であったなら、大家の尻《しり》に嚙みついてやりたい。

（いや、犬じゃねぇよ）

どうしてそんな想像をしたのか、尾上自身にもよくわからない。

一方の卯之吉は、ひだまりの猫みたいな顔で微笑んでいる。

「さて尾上様。困ったことになりましたよ」

「なにがだ」

「こちらの大家さんが仰《おつしや》るには、いなくなったお人と、芝の永井町の骸は、似ても似つかぬとのことなんです」

「面通しをさせたのか」

大家は青い顔で冷や汗をぬぐっている。

「あんな恐ろしいものを目にしたのは初めてでございますよ……」

「そんなこたぁ聞いちゃいねぇよ。お前ぇの長屋の店子《たなこ》で、昨夜から帰って来てないってぇ野郎がいるって聞いたが、それとは、別人だったんだな？」

「年格好、顔つき、まったくの別人にございます。いなくなった店子は、まだ二十四、五の若い者でございますよ」

絶命して半日ぐらいでは、面相が変わることはない。店子の顔を見慣れた大家が確言するのであれば、別人とみて間違いないであろう。

「殺されていたのは、五十がらみだったしな……」

筆頭同心、村田鋏三郎の眼力も今回ばかりはハズレ、ということか。

いつの間にか卯之吉は悠然と莨《たばこ》をふかしている。プカーッと紫煙《しえん》を吐いた。

「それじゃあ、なんだってこちらの店子さんは、長屋に帰ってこないんでしょうねぇ」

上役《うわやく》の前で莨をふかすなど、人を食っているにもほどがある。尾上は苦々しげに卯之吉を睨みつけた。

「消えた店子が下手人なのかもしれねぇ」

「あたしもそう思っていたところですよ」

卯之吉はカンッと煙管《キセル》を灰吹《はいふき》に打ちつけた。

「なんなんだよ、その偉そうな態度は！」

卯之吉はまったく取り合わずに煙管を莨入れに仕舞うと、腰を浮かせた。

「それじゃあ早速にも、直次さんの長屋を見せてもらうとしましょう」

「ははっ、ご案内いたします」

大家が腰を深く折って低頭する。

「ちょっと待て。直次って誰だよ？」

卯之吉はニンマリと笑った。

「嫌だなぁ。昨夜から帰って来ないお人に決まってるでしょうに」

「直次ってぇ名前なのか」

「信州の山奥から江戸に働きに出て来たお人だそうです。道中手形があるんですよね、大家さん」

大家は頷《うなず》いた。

「手前が預かっておりまする」

大事そうに油紙に包んであった判物《はんもつ》を差し出した。

尾上は「ふーん」と、面倒臭そうな顔つきで受け取った。

「お信《しな》か」

江戸に出稼ぎに来る労働者は、下総国《しもうさのくに》と信濃国《しなののくに》の出身者が多い。信濃者は〝お信〟と呼ばれている。

尾上は手形にざっと目を通した。生国《しょうごく》の村と檀那寺《だんなでら》の流派が書かれてある。宗門人別帳《しゅうもんにんべつちょう》から書き写されたもので、戸籍《こせき》の代わりとして使われる。

生国の村を離れる際には、檀那寺の住職に身許を保証する手形を書いてもらう。その寺の判が捺《お》される。その後で幕府の陣屋《じんや》（代官所）に回されて、代官の判が捺される。それがいわゆる道中手形だ。

道中手形による身許保証がなければ江戸で長屋を借りることも、仕事を得ることもできない。

卯之吉はそそくさと立ち上がった。

「それじゃあ、長屋の検めですよ」

番太郎が揃《そろ》えてくれた雪駄に足指を通す。

昼過ぎまでたっぷりと居眠りをした卯之吉は、ここにきてようやく目が冴えてきたのだ。と同時に持ち前の野次馬根性が頭を擡《もた》げてきたのであった。

「ささ、こちらへどうぞ、八巻様」

腰を屈めた大家に先導されつつ、番太郎を引き連れた姿は悠揚《ゆうよう》迫らず、口許には笑みを浮かべ、小面憎《こづらにく》くなるほど余裕ありげだ。

「ちょっと待て！　勝手に話を進めるな」

尾上は急いで追いかけた。

いったいどうしてこんなことになっているのか、まったくわけがわからない。

「こちらでございます」

大家が障子戸を開けた。

「棟割長屋《むねわり》か」

尾上が顔をしかめた。風通しが悪くて空気が澱《よど》んでいたからだ。秋だというのに部屋の中には湿気が籠《こ》もっている。地面が湿気ているせいだろう。長屋全体が低地にある。路地の溝《どぶ》から溢《あふ》れた汚水がジクジクと染み出しているような場所だった。

その細くて汚い路地ではおかみたちが集まって大騒ぎを起こしている。

「あれが噂の八巻様かい！」

「歌舞伎のお役者よりもお美しいお姿だって評判だったけど、本当だね！」

かしましい声が聞こえてきて、尾上のやる気を削《そ》いでいく。

「ええい、黙れ黙れ！」

三右衛門が野次馬を叱っている。

「うちの旦那は見せ物じゃねぇぞ！」

ヤクザ者たちを震え上がらせる大親分の強面《こわもて》も、なにゆえかおかみ連には通じない。おかみ連はそれぐらいに図々《ずうずう》しい。

「いいじゃないのさ、見るぐらい。減るもんじゃなし」

三右衛門も苦労が絶えないことである。

卯之吉がヒョイと戸口から顔を出して部屋の中を覗《のぞ》いた。

「ずいぶんと持ち物が少ないですねぇ」

「いいからお前はすっこんでろ！」

尾上は憤然《ふんぜん》として直次の部屋に踏み込んだ。

「あっ、あんまり踏み荒らさないようにお願いしますよ」

「お前ぇに言われたかぁねぇよ！」

卯之吉は竈《かまど》のあたりに目を向けている。

竈の上には法被《はっぴ》が干してあった。竈の熱で法被を乾かそうとしていたのだろう。

「この法被は手の込んだ仕立てでございますねぇ」

「法被の仕立てに違いがあるかよ、馬鹿馬鹿しい」

ともあれ雪駄を脱いで部屋に上がる。板敷きに莚《むしろ》が敷いてある。畳はない。

奥には枕屏風《まくらびょうぶ》が立ててある。中に畳んであるのは布団だ。

「本当に持ち物の少ねぇ野郎だな。仕事は何をしてやがったんだい」

大家に訊《たず》ねる。大家はすぐに答えた。

「車力《しゃりき》でございます」

車力とは、坂の上下で待機していて、通りかかった荷車を押す手助けをし、手間賃を稼ぐ者たちのことだ。江戸は急な坂が多い。特に雨の日は難渋する。坂には必ず車力がいる。もちろん元締めもいて、持ち場の坂を差配《さはい》していた。

尾上は直次が世話になっていたという、元締めの名を聞き出した。

「やい、ハチマキ。お前ぇひとっ走りして、その元締めから話を聞きだして……おい、なにをやってるんだ」

長屋の各部屋には小さな流しと竈がある。卯之吉は流しをかき回している。

卯之吉は包丁を一本、取り上げて、刃を眺めた。

「はぁ？」

包丁を見つめて素《す》っ頓狂《とんきょう》な声をあげた。

「はぁ、じゃねぇよ。話は聞いていただろう。車力の元締めンところに行って直次の働きぶりを確かめてくるんだよ。悪い友だちとの付き合いはなかったか、銭の貸し借りはなかったか、そういうことを聞き出してくるんだ！」

「それは尾上さんが行ってください」

「なんだと！」

それが役儀の先達《せんだつ》（先輩）に向かって言う言葉か。あまりの非常識に尾上は言葉を失った。

その隙《すき》に卯之吉はスルスルと大家に歩み寄った。

「さっきの手形をもう一度見せてもらえますかね」

「は、はい……。大番屋に置いてきましたが」

「それじゃあ取りに行きましょう。直次さんは、ひどく無口だったたって言ってましたよね？」

尾上は「ちょっと待て！」と叫んだ。

「俺を置いて行くんじゃねぇ！」

「置いて行かれても迷子になる歳じゃないでしょう。大丈夫ですよ」

「そういうことを言ってるわけじゃねぇ！」

「尾上様はご存分にお検めを」

卯之吉は路地に出る。おかみたちが「きゃーっ」と黄色い声を上げるが、まったく意に介した様子もない。

「大家さん、直次さんは、とっても無口だったのですね？」

「無口というより、あれは、口が利けなかったんじゃないのか、と思いますよ」

「口が利けない？」

「へい。ウンとかアアとか相槌《あいづち》ぐらいは打ちますがね。話し言葉を聞いた者《もん》は、長屋にも一人もおりゃしませんので。そうだよね、お前たち」

おかみ連が「聞いたこともないよ」「挨拶《あいさつ》どころか、返事すらしないんだからね」「この長屋では誰も直次さんの話し言葉を聞いたことはないんだよ」などと一斉に喋った。

「うるせぇじゃねぇか。皆で一時に喋るんじゃねぇ！」

三右衛門が叱るが、おかみ連は卯之吉とお喋りしたくて仕方がないらしく、やいのやいのと喚《わめ》いている。

卯之吉はおかみ連をあしらいながら、大家を連れて大番屋に戻っていく。

「話せないんじゃ、仕事に就《つ》くのは無理じゃないのかねぇ」

「それが、耳は聞こえるし、こっちの言ってることもわかるんです。字も流暢《りゅうちょう》に書きましたよ。仕事だって、車を押すだけですからね。指図に頷いてりゃあ務まるわけでしてね」

二人の気配が長屋の木戸を抜けて出て行った。尾上ひとりだけがポツリと取り残された。

「なんなんだよ、まったく！」

尾上はむかっ腹を立てて、置かれてあった水瓶《みずがめ》を蹴飛《けと》ばし、

「あいたっ」

痛む爪先《つまさき》を押さえてピョンピョンと飛び跳ねた。

卯之吉と大家は大番屋に戻った。卯之吉は問題の手形を凝視した。

それから三右衛門に渡す。

「これをどう思うね」

「あっしに検めろと仰るんで」

「そうだよ」

三右衛門は手形を手にして明るい窓に寄って、目を細め、ついでに顔をしかめ

させた。

「……旦那、こいつぁ！」

「うん。きっと贋物《にせもの》だよね」

卯之吉は薄笑いを浮かべた。

大家は焦っている。

「偽造の手形だと仰るので……？」

三右衛門が代わりに答える。

「こいつには御陣屋の判が押してあるが、どうにも怪しい。朱肉の色が薄い。それにだ、判物の判は、下に紙を敷いて上からギュウッと力をこめて捺すもんだ。するってぇとだな、紙をこうして裏返しにすると、判を捺した痕が凸凹《でこぼこ》になって見える。ところがこいつぁそうじゃねぇ。軽くペタッと判を捺しただけだ」

卯之吉は「うん」と頷いた。

「判形を照らし合わせれば、すぐにわかるだろうさ。これを借りて行ってもいいかね」

「も、もちろんでございますとも」

「万が一、直次さんが帰って来たならば、身柄をしっかりと押さえておいておくんなさいよ」

大家の代わりに三右衛門が答える。

「あっしが子分を四、五人、つけておきやす」

「そうしてくれるかい。手間をかけるねぇ」

「へい」と答えて三右衛門が走り出て行き、卯之吉も大番屋から出ていった。

残された大家は、感服しきり――といった顔つきだ。

「目端《めはし》が利いて、頭もお切れなさる。粋なお姿で威張《いば》った様子もないのに、おっかない親分さんをビシッと従えていなさる。さすがは噂に名高い辣腕同心サマだねぇ……。男のオイラでも惚《ほ》れ惚《ぼ》れとしちまうよ」

その時、外の通りでは、卯之吉がどぶ板を踏み外してスッ転んでいたのだが、無様な姿は幸いにして、目撃されずにすんだのであった。

三

大身《たいしん》旗本、上郷備前守の屋敷は神田駿河台《かんだするがだい》にある。この地には江戸の開闢《かいびやく》当初から旗本屋敷が建ち並んでいた。

上郷備前守は禄高《ろくだか》二千石。従五位下《じゆごいのげ》の諸大夫《しよだいぶ》だ。朝廷から貴族としても認められている。屋敷の門は家の格によって様式が定められている。上郷家の門は門番部屋が左右についた長屋門《ながやもん》であった。

常滑屋儀兵衛が気の急《せ》いた様子でやってきた。長屋門の前は素通りして裏門へと回る。出入りの商人は台所口から屋敷を訪《おとな》うのが礼儀だ。

それでも今の世の中は金の力で回っている。経済の実権を握るのは商人たちだ。台所の用人《ようにん》（家政を切り盛りする家臣）に来意を告げるとすぐに座敷に上がるように言われた。

大名や旗本は、武士の来客を待たせることはあっても、商人の面会を待たせることはないのだ。豪商ならば尚のことだ。

常滑屋儀兵衛は濡《ぬ》れ縁《えん》を巡って中奥の座敷に向かう。庭は見事な造作が施《ほどこ》されていた。もうすぐ紅葉の季節だ。

しかし常滑屋は風流人ではない。庭などには目もくれずに足を急がせた。

用人の案内で暗い小部屋に通される。小部屋といえども八畳間だ。大身旗本の屋敷の規模は大名屋敷とほぼ同じである。何十畳敷きの広間がいくつもある。八畳間などは小部屋の扱いを受けていた。

板戸が開けられて上郷備前守が入ってきた。常滑屋は平伏した。

上郷は上座に座った。その背後には明かり取りの窓があるが、中庭からも遠く、ぼんやりと光が感じられる程度だ。部屋の中はあくまでも暗かった。上郷の表情もよく見えない。

「常滑屋か。何用だ」

「火急《かきゅう》のご用件にて、時候の挨拶は略させていただきまする」

と断りを入れた。

「申し上げまする。本日の朝、忠助の骸が、芝の永井町で見つかりましてございまする……」

「なんだと」

上郷備前守の陰鬱《いんうつ》な顔に驚きの表情が浮かんだ。

「忠助とは、新綿番船の件で秘事を任せるはずであった、あの船頭だな」

この男の顔に感情が出ることは滅多《めった》にない。よほどに驚いたものとみえる。

「忠助になんぞしくじりがあって、お前が、始末したのか」

「め、滅相《めっそう》もございませぬ！」

常滑屋は手を振って慌てた。それから恐々《こわごわ》と、上郷の顔を覗きこんだ。

「手前は、御前《ごぜん》様のご命令で刺客《しかく》が放たれたのか、と思っておりましたが……」

「なにゆえにわしが貴様の店の船頭を殺さねばならんのだ」

「御前様による口封じではない……すると？」

「わしでもお前でもないとしたら、誰が忠助を殺《あや》めたのだ」

「皆目《かいもく》見当もつきませぬ……。なれど、我々の悪事を嗅《か》ぎつけた者の仕業《しわざ》に違いなかろうか、と……」

そう言ってから、常滑屋は、ハッと思いついた顔をした。

「もしかすると、あヤツが……という心当たりがないでもございませぬ」

「何者だ」

「手前の店で、表沙汰《おもてざた》には出来ぬ仕事を任せるために雇った小悪党にございまする。なにやらコソコソと、こちらの内情を探っていた素振《そぶ》りでございました」

「早急に手を打て」

「急いで口を封じまする。いや、なれど……」

「なんじゃ。歯切れの悪い物言い。商売も、悪行も、思いきり良いお前にしては珍しい」

常滑屋は額に脂汗《あぶらあせ》を滲ませている。身体も震わせているようだ。

「これ以上、江戸に骸を増やすのは、得策ではないと心得まする。忠助殺しの一件は、今月月番の南町奉行所が調べに乗り出しました」

「町人の殺しに町奉行所が出役《しゅつやく》するのは当然のことだ」

「乗り出してこられたのは、ただのお役人様ではございませぬ。相手が悪うございまする」

常滑屋は激しく身を震わせた。

「事もあろうに、あの八巻様なのでございまする！」

上郷備前守も「むっ……」と唸《うな》った。

「八巻とは、昨今、江戸で頭角《とうかく》を現したとかいう、あの八巻か」

「左様にございまする……」

上郷は、ちょっと視線を外して、どこか遠い所を見るような顔つきとなった。思案しているのである。そうしてから言った。

「とはいえ相手はたかの知れた町方同心。黙らせる手立てならいくらでもある。案ずるには及ばぬ」

「御前様、それは……」

「なんじゃ？　わしの考えが甘いと申すか」

常滑屋は、言い辛《づら》そうにしていたが、意を決した様子で続けた。

「畏《おそ》れながら御前様は、大坂町奉行所での御役目を長らくお務めでございました。大坂でのお暮らしが長く、昨今のお江戸の事情には、通じていらっしゃらない様子が窺《うかが》えまする」

上郷は冷たい顔つきで聞いている。常滑屋は額に玉の汗を浮かべながら言上《ごんじよう》し続ける。

「南町の八巻様は、通り一遍《いつぺん》のお役人様ではございませぬ。その実体は筆頭ご老中、本多出雲守様の懐刀《ふところがたな》……。町奉行所に奉職《ほうしよく》してはおられまするが、上役様の命には従わず、本多出雲守様のご下命《かめい》にのみ従って役儀を果たすとの噂がございまする」

卯之吉は村田銕三郎や尾上伸平の命令に従わない。確かにそのとおりなのだが、その理由は、ただの怠け者で、横着《おうちやく》極まる遊び人だからだ。

だが、世間の人々はそうは思っていない。

上役同心の命を平然と無視する卯之吉のことを〝老中の密命にのみ従う隠密《おんみつ》のお役人なのに違いない〟などと思い込んでしまうのである。

「八巻様はことあるごとに本多出雲守様のお屋敷を、秘かに、訪《おとな》っておられまする」

本多出雲守の尻にできた腫瘍《しゆよう》を治療するためなのだが、老中屋敷をこっそりと出入りする卯之吉の姿は、筆頭老中に隠密働きの報告に行くようにしか見えない。世の悪党を震撼《しんかん》させるに十分であった。

本多出雲守は自分の病気を厳重に秘している。さらに言えば、南町の八巻同心が蘭学の医術を身につけているなどとは誰も思わない。

本多出雲守と八巻同心の行動は、意味不明であるがゆえに様々な憶測を呼んでいたのだ。

常滑屋は額の汗を懐紙《かいし》で拭《ぬぐ》った。

「八巻様は、本多出雲守様が江戸の町を直々にご支配なさるために送り込んだ御《お》先手《さきて》だとのもっぱらの評判。その証拠に八巻様は、町人たちからの賂《まいない》は一切受け取りませぬ」

上郷の面相が険しさを増している。

「大坂の役人では考えられぬことだな」

大坂の役人たちは江戸の役人以上に賂好きだ。

「お言葉ながら、このお江戸でも、考えられませぬ」

同心の俸禄《ほうろく》は三十俵。諸事物価高騰の江戸では、三十俵程度の薄給では着る物も整えられない。

賄賂《わいろ》が悪いことだとは、誰でも理解しているけれども、賄賂がなくては生活が成り立たないのがこの時代の役人たちなのだ。

だからこそ八巻同心の振る舞いが不気味なのだ。

八巻同心は何処《どこ》からか別の収入を得ている。公儀の金蔵《かなぐら》から役料（公費）を拝領する隠密役人に違いないと、誰もが想像する。

「しかも八巻様は剣の達人でもございます。諸藩の剣術指南役様が集まるこの江戸でも、五本の指に数えられると評判の使い手。現に、江戸にはびこる悪党どもを何十人も撫斬《なでぎ》り（皆殺し）にしてきたばかりか、お大名様の剣術御指南役様をも斬ったとのお噂」

美鈴《みすず》が八巻屋敷に転がり込む原因となった事件では、丸山藩《まるやまはん》の剣術御指南役が御前試合に敗れて放逐《ほうちく》されている。もちろん卯之吉が倒したのではない。しかし天下の人々は、卯之吉が斬ったと思い込まされている。

「八巻様の眼力の鋭さは怪力乱神《かいりきらんしん》（超常現象）にございまする。千里眼《せんりがん》の持ち主ではないかと噂する者もございまする」

「怪力乱神などこの世にあるものか。だが、常識はずれの智嚢《ちのう》の持ち主であることは、疑いないようだな」

「本多出雲守様は、江戸の町の大掃除をなさるお心づもりかもしれませぬ」

「本多出雲守様の眼鏡《めがね》に適《かな》って町奉行所に送り込まれた隠密役人、なんとも恐れ入った男だな」

上郷備前守は無言で考え込んだ。

常滑屋は上郷が口を開くのを待つ。冷や汗ばかりが常滑屋の顔を伝っていく。

「案ずるな」

長考《ちょうこう》の後で上郷備前守は言い切った。

「お前の秘策は大坂で進められておる。本多出雲守様の腹心といえども、公の身分は江戸町奉行所の同心だ。上方にまでは探索の手を伸ばすことができぬ。忠助殺しの一件をどれほど深く探ろうとも、大坂までは手が届かぬのだ」

「なれど、忠助が殺されたことで、忠助の船を使って邪魔をさせる手は使えなくなりました……」

「お前は、この一件から手を引きたい、と申すのか？　お前はこの一件にかかわりすぎておる。どうでも一味から抜けたいと申すのであれば、お前のほうこそ口封じに死んでもらわねばならぬ」

「かッ、上郷様……！」

常滑屋はギョッとして目を剝いた。

上郷備前守は氷のように冷たい目で常滑屋を凝視している。冗談《じょうだん》を言っている顔つきではなかった。

「そもそもこの一件は、お前がわしのところに持ち込んできた話だ。いまさら、なかったことにはできぬぞ」

「お、仰《おお》せのとおりにございまする……」

「ともあれ、忠助殺しの下手人は、南町の手で捕らわれるより先に、お前の手で討ち取れ」

「八巻様の目を盗んで、でございますか」

「八巻の目は塞《ふさ》ぐ」

「いかになさいます」

「八巻の飼い主である本多出雲守様に狙いを定めるのだ。〝将を射んとすればまず馬を射よ〟である。本多出雲守様は大の賂好き。本多様に賂を贈って、こちらの味方につけるのだ」

「なるほど、それはご名案にございまする。なれど……」

「本多出雲守様への賂は、新綿番船の一件でのアガリから捻出《ねんしゅつ》する、ので、よろしゅうございましょうか？」

「そうするより他にあるまい」

「すると、その分だけ、上郷様の取り分が少なくなりまするが、それでもよろしゅうございましょうか？」

上郷は感情を覗《のぞ》かせた。じつに口惜《くちお》しそうな顔をした。

「なんだ」

夕陽が障子紙を橙《だいだい》色《いろ》に染めている。そろそろ日没だが、死体発見におおわの南町奉行所の仕事は、まだまだ終わりそうにない。

南町奉行所にある内与力《うちよりき》御用部屋に、内与力の沢田彦太郎《さわだひこたろう》がツカツカと入ってきた。

袴を捌《さば》きながら文机の前に着座し、問題の手形を広げる。

「やはり偽造であった」

文机の向かい側には筆頭同心の村田銕三郎が正座している。

村田の両目が「ムッ」とひそめられた。

沢田も厳しい顔つきで続ける。

「寺社奉行所に赴《おもむ》いて、判形帳と突き合わせた。この印形《いんぎょう》は似せて作られたものだ。檀那寺で捺されたものではない」

宗門人別帳と寺の過去帳が戸籍の代わりとして使われている。日本中の寺の印形はすべて幕府に届け出られている。国ごと、郡ごとに分類されて、すぐに照会できるようになっていた。

この制度が整えられているからこそ、通行手形が身許の保証となるのだ。

「檀那寺で作られた手形は、信濃であれば中野《なかの》の陣屋（代官所）に送られて、陣屋の判も捺される」

手形には中野陣屋の代官の署名が墨書《ぼくしょ》され、判が捺されている。

「筆跡も、判形も、贋物であった」

村田の顔貌《がんぼう》がどんどん険しくなっていく。目は血走り、こめかみには青筋が立った。

沢田も首を何度も傾《かし》げる。

「長屋から姿を消した〝直次〟が、殺された人物だろうと思っていたのに、違ったな。ならば、下手人のほうが、この〝直次〟なのか」

真っ当な人間であれば、偽造手形など使わずとも、本物の手形で身分を証明できる。

わざわざ偽造手形を携《たずさ》えて江戸に入って来た、ということは、江戸での悪事を企んでいたのに違いないわけである。

沢田彦太郎は腕を組んだ。村田に目を向ける。

「心得ておろうが、わしが寺社奉行所で手形を照会したことによって〝偽造手形を持った悪党が江戸に潜んでいる〟と柳営《りゅうえい》（幕府）に知れた。この一件、落着させねば、我らのお奉行のご面目《めんぼく》にかかわるぞ」

「無論のこと、承知にございまする」

沢田はもう一度、手形を取って眺めた。

「しかし、よくぞ偽造だと見抜いたものだな。誰の手柄《てがら》だ」

村田銕三郎が一瞬、言葉につまった。

「どうした」

「……八巻の手柄にございまする」

村田は苦い物でも吐き出すような——まさに苦渋に満ちた顔つきで答えた。

八巻卯之吉は南北町奉行所一の怠け者で、役立たずで、無気力も極まる男だ。

自分で帯も結べないし、誰かに揃えて貰《もら》わないと雪駄も履けない。にもかかわらず世間からは〝南北町奉行所きっての辣腕同心〟などと評判を呼んでいる。八巻の実体を知る村田にとっては噴飯《ふんぱん》ものだ。

卯之吉という男は不思議なことに、ふいに手柄を立てるのである。

「あやつだけは、まったく得体《えたい》が知れませぬ。いかにして偽造を見抜いたのか」

村田が腕を組んで考えている。沢田は机の上を片づけている。

「信濃にも公領（徳川家直轄の農地）があるからのぅ。仕事がら判形は見慣れておったのであろうよ」

なんの気なしにボソリと言うと、途端に村田の目がギラリと光った。

下手人の失言を見逃さない同心の目だ。

「仕事がら、とは、いかなる仰せにございましょう。いったい八巻に、どんな仕事があると仰るので？」

「あっ、いや……」

ギョッとして慌てる沢田の様子がますます訝《いぶか》しい。尻尾《しっぽ》を摑まれて焦る下手人と同じ顔つきだ。

村田は目に怒りをたぎらせながらズイッと迫る。

「八巻とはいったい何者なのでございましょうか。沢田様直々のお声掛かりで同心になったと耳にしました。否、調べはついておりまする」

「調べがついて、って……そ、そんなことは、調べずとも良いであろうが」

「いったい、なにゆえのお声掛かりなのでございましょうや！」

「わしのお声掛かり、というわけでは、ない……」

本当は本多出雲守のお声掛かりであったのだが、これは決して表沙汰にはできない。

「なにゆえ、かの者の前歴は、いずこの役所を調べようとも出てこないのでございまするか！」

「調べずとも良いと申しておるに」

村田の怒りの矛先《ほこさき》が向けられるのは困る。正直言って、沢田も村田が怖い。

「まぁ、なんじゃ。こうやって手柄も立てておることだし、まんざら役に立たぬわけでもない。よろしく面倒を見てやってくれ」

「なにゆえ拙者が、あのような男の面倒を見ねばならぬのでございますか」

「だって、筆頭同心だろう？」

沢田は唇を尖《とが》らせて、拗《す》ねたような顔をした。

慌ただしい一日が暮れようとしていた。

四

次の日の朝。

謎の男〝直次〟の正体を明らかにするべく、同心と配下の目明かしたちは鋭《えい》意《い》、聞き込みを開始した。

もちろん〝直次〟の塒《ねぐら》も徹底的に調べられた。だが、身許を明かすような物は、何ひとつとして出てこなかった。念のため床板を剥がして地面を掘ってみたが、何かが埋められている形跡もなかった。

「駄目ですねぇ」

汗留めの鉢巻《はちま》きをした尾上伸平が、鋤《すき》を手にしつつ、首を横に振った。

町奉行所の小者が鍬《くわ》を振り下ろしているが、尾上は期待薄の顔つきだ。

「掘った痕跡《こんせき》がなかったんですから、何も埋められちゃいないでしょう」

綺麗に埋め戻したつもりでも、穴の跡は明瞭《めいりよう》にわかる。

尾上は腕で額の汗を拭った。腕に泥がついていたので、顔が黒く汚れてしまった。滑稽《こつけい》だが、村田銕三郎はニコリともしない。険しい面相で配下の者たちの仕事を睨みつけている。

「念のために掘らせてみなくちゃわからねぇだろう。車力の元締めの話は、どうだった」

「そっちもぜんぜん手掛かりナシです。なにしろ口が利けねえってんですから。友だちもいねぇ、身の上話や故郷の話を漏らすこともねぇ。八方塞《はっぽうふさ》がりです」

「〝直次〟は殺しのあった日にここを出た。友だちに会うとおかみ連に筆談で伝えた。呼び出されたのかもわからねぇ。長屋に呼びに来た者の姿を見たヤツはいねぇのか」

「一軒一軒、当たりましたけどね。見慣れねぇ者が路地に入ってきたのを見たってヤツはいないんで」

「くそっ」

村田は毒づいて〝直次〟の持ち物をもう一度検めた。莚の上に並べてある。

「皿に箸《はし》に茶碗か。水瓶に杓《ひしゃく》。どれもこれもそこらで売られている安物だ」

似たような物は江戸にごまんとある。身許につながる証拠にはなりそうにない。

「あれっ」

「……どうした」

「包丁がありませんね」

「包丁だぁ？」

「はい。初めてここに踏み込んだ時には、確かに、流しに包丁があったんですけれど」

「どこへやったんだよ」

「もしかして、ハチマキが持っていったのかも……」

「なんだと！　すぐに取り戻してこいッ」

村田が激昂《げっこう》し始めたので、尾上は、

「はいっ、ただ今！」

と叫んで走りだした。ちょうどいいからこのまま逃げてしまおうと思った。調べを進めているふりをして、水茶屋で時間を潰せばいいだろう。

五

永井町の大番屋で、村田銕三郎は骸と睨み合っている。

「よく日に焼けていやがるな」

尾上は（村田さんも困った人だなぁ）と思っている。

消えた男の詮議に続いて、今度は永井町の骸の詮議だ。仕事熱心で、同心という仕事に誇りを持っているのはわかるけれども、度が過ぎる。

「村田さん、そろそろ塩漬けに戻さないと骸が腐り始めますよ」

昨日、塩漬けにした骸を再び塩の中から出して、丹念に調べている。鬼気せまる表情だ。

秋とはいえども日中の気温は高かった。心なしか番屋の中に嫌な臭いが籠もりはじめている。番太郎たちも顔をしかめていた。

村田銕三郎は、尾上の助言など聞いてはいない。

「見てみろよ尾上。この男は随分《ずいぶん》と肌が黒いぜ」

仕方なく尾上も話を合わせる。

「お天道様《てんとう》の下で働いてたんでしょうね。百姓だったのかな」

「江戸の百姓なら、掛かりは関東郡代様だ。この仏の件は報《しら》せてあるが〝百姓が消えていなくなった〟という報せは、まだ届いていねぇ」

江戸市中の百姓を支配しているのは関東郡代という役所であった。

江戸市中（朱引《しゅび》きの内）にも農地はたくさん広がっている。

江戸は武家地が八割などという嘘がまことしやかに広まっているが、実際には武家地の割合は三割五分ほどで、農地はほぼ五割だ。

切り絵図も緑色に塗られた田畑が目立つ。しかもこの地図は、表札のない武家屋敷を訪問する人々のために作って売られた物であるので、武家地は大きく拡大されて刷られている。町人地は縮尺が小さく、農地はもっと小さく描かれている。

そのため、江戸の大半が武家地であるかのように見えるのだ。

百姓は五人組で組織され、五人組は乙名《おとな》が監視し、乙名は名主《なぬし》（西日本では庄屋《しょうや》と呼ばれる）が監理している。百姓の一人が消えていなくなれば名主から関東郡代に注進が届く。

関東郡代役所にはまだなんの報せも届いていない。殺されたのは百姓ではないのかもしれない。

「それじゃあ、出稼ぎでは？」

「出稼ぎなら武家奉公か人足《にんそく》仕事をしていたはずだ。そっちのほうも当たらせているが、どこの口入れ屋からも、なんの報せも届かねぇ」

奉公人の身許を保証するのは口入れ屋の責任なので、行方不明者が出れば（雇い主は夜逃げをしたと考えるので）苦情が口入れ屋に届けられる。給金は前払いだから黙って見逃すとは考えにくい。

しかしやはり、どこの口入れ屋からも、なんの報告も上がってこないのである。

「百姓や出稼ぎじゃあねぇとオイラは睨んでいる。その証拠に、見ろよ」

村田は骸の瞼《まぶた》をまくり上げた。

「瞳の色が薄いぜ。おまけに白目が黄色みがかってやがる」

だからなんなのか、と思ったのだが、それを訊《たず》ねると村田から「そんなこともわからねぇのか！　何年同心をやっていやがる！」と怒鳴りつけられる。

尾上は何もかもを飲みこんでいるような顔つきで「ああー本当ですねぇ」と相槌を打った。

「こいつぁ、よほどにきつい陽の下で働いてきたのに違《ちげ》ぇねぇぞ」

「ははぁ、なるほど、なるほど」

村田銕三郎は骸の腕を取った。死体は硬直しきっている。もがき苦しみながら死んだ姿のままだ。

「こりゃあ、棺桶《かんおけ》に入れるのに苦労するなぁ」

尾上が思ったままに口にすると、年嵩《としかさ》の番太郎が、

「なぁに、腐り始めれば柔かになりまさぁ。今頃の季節だと、明日の朝にはクニャクニャですぜ」

など呑気《のんき》な口調で言った。

「何をくだらねぇことをクッ喋《ちゃべ》っていやがる。手伝え」

村田に叱られて尾上は骸の硬い腕を押さえた。村田は死体の指を広げさせた。

「手が荒れ果ててるな。ささくれ立ってやがる」

手のひらも、指の腹も、硬く角質化していた。まるで足の裏のようだ。皮膚にできたひび割れには黒い汚れが詰まっていた。

「働き者だったんだなぁ。そんな働き者が、どうして殺されるような目に遭《あ》ったのかなぁ」

「働き者だからって善人とは限らねぇ。熱心に悪事を働いていたのかもしれねぇじゃねぇか」

卯之吉がヒョイと顔を出した。

「はは ぁ、なにか刺さっていますねぇ。これは痛そうだ」

首を伸ばして上役同心二人の間から覗きこんでいる。村田も尾上も「うわっ」

と声をあげて驚いた。

「お前、なんでここにいやがる！」

村田が叫ぶと卯之吉はニヤ〜ッと笑った。

「村田様と尾上さんが検屍をなさっていると小耳《こみみ》に挟《はさ》んだもので。あたしを除《の》け者《もの》にして、こんな面白いことをなさっているなんて、ずるいですよ」

「面白がるんじゃねぇ！」

「番太郎さん、毛抜きを貸しておくれ」

「俺を無視するんじゃねえ！」

卯之吉は「まぁまぁ落ち着いて」などと言いながらほくそ笑《え》んでいる。自分の存在が人を怒らせる原因だということが、まったくわかっていないらしい。

「これでよろしいですかい」

「お借りしますよ」

卯之吉は毛抜きを受け取ると、死体の手のひらの、分厚い皮に刺さっていた何かを引っこ抜いた。顔を近づけて観察する。

そんな卯之吉を不気味そうに尾上伸平が見ている。

「なんなんだよ、その刺《とげ》は」

「村田様のお見立てのとおりでしたねぇ。このお人はお百姓ではないようですよ。これは麻です。尾上さん、お手を出して」

卯之吉は毛抜きと刺を尾上の手のひらにポンと置いた。

「この刺は、おそらく、縄をきつく握った時に刺さったものでしょう。つまり麻縄を使うお仕事をなさっていなさったのですね。お百姓衆は稲藁《いなわら》で紐《ひも》や綱《つな》を綯《な》います。麻縄はあまり使わない。稲藁という材料があるのに、銭を出して麻を買う必要はないからです」

尾上は眉根《まゆね》を寄せて唇を尖らせている。

「じゃあ、何者なんだい、この仏は」

卯之吉は番太郎に笑顔を向けた。

「水の入った小桶《こおけ》と、杓《ひしゃく》をお願いしますよ」

尾上が質す。

「何をする気だ」

「仏様の手を洗うんですよ」

「湯灌《ゆかん》か」

「あたしが湯灌しなくちゃならない義理はないですよ。喪主《もしゅ》じゃないんだから」

卯之吉は番太郎が運んできた水を杓で汲《く》んで、死体の手のひらに掛けた。

「ああ、やっぱり」

「なにが『やっぱり』なんだよ」

尾上伸平にはまったくわからない。

一方、筆頭同心の村田銕三郎の目はギラリと光った。

「汚れが水を弾いていやがる。こいつぁ泥汚れじゃねぇ。チャンだ」

卯之吉は珍しいことに不満そうな顔をした。

「あたしの言いたいことを先に言わないでおくんなさいな」

村田銕三郎は卯之吉を無視して尾上に命じる。

「この仏は船乗りだ。御船手《おふなて》奉行の向井《むかい》将監《しょうげん》様のお役所に行って、消えた船乗りがいねぇかどうか確かめて来いッ！　御船手奉行所に手配を頼んで、江戸に入港中の船のすべてを洗ってもらうんだ！」

「は、はいッ！」

尾上は大番屋から飛び出していく。

「こっちは廻船問屋を当たらなくちゃならねぇ！　やいっ番太郎！　骸は元通り塩漬けにしておけッ」

村田も走って去った。

卯之吉は悠々《ゆうゆう》と板ノ間に上がって、煙管の莨を燻《くゆ》らせ始めた。

番太郎の親方が寄ってきた。

「あのぅ、旦那。チャンってのは、なんなんですかぇ？」

「松脂《まつやに》のことだよ。船では水を弾くためにチャンを塗るのさ。そのチャンが仏様の手についていたってことさね」

「なるほどそうか。だから船乗りを探せって話になったんですな」

「そういうことだね。海っ端《うみばた》の番屋はこれから大忙しになるだろうさ。でも、こちらの町人地は暇《ひま》になるよ。よかったねぇ」

なにが『よかった』なのか、よくわからない。この大番屋の人々の仕事が減って、のんびりできることを喜んでいるのか。

番太郎の親方は困惑の表情を浮かべた。

第三章　謎は大坂《おおさか》へ

一

「仏の身許《みもと》が割れたぜ」

南町奉行所の同心詰所に入ってきた村田銕三郎が言った。

卯之吉は長火鉢の前に陣取っている。もちろん村田は卯之吉に向かって言ったのではない。尾上伸平に向かって言ったのだ。卯之吉のことなど最初《はな》から目に入っていない。

「廻船問屋、常滑屋の持ち船に乗っていたらしい」

「常滑屋ですか。聞いたことがないな」

「大坂に店を構えているんだそうだ」

「大坂かぁ。面倒な話になりましたねぇ」

大坂の町は大坂城代と大坂町奉行所が支配している。徳川幕府は典型的な縦割り行政で、管轄を跨《また》いで他の役所と連携することを苦手としている。おまけに大坂は地理的にも遠い。

「仏の名もわかった。忠助だ。あの日から船に戻っていねぇそうだ」

「確かにそいつに間違いないんですかね」

「船長《ふなおさ》を大番屋に連れて行って骸《むくろ》を見せた。間違いねぇって言ってやがったぜ」

「やれやれ。船がまだ江戸にいて良かったですね。余所《よそ》の湊《みなと》に行かれちまってたら、どうなっていたことか」

「なにが『やれやれ』だ！」

唐突《とうとつ》に村田が激昂《げっこう》し始めた。

「骸の身許がわかっただけじゃねぇか！　下手人が捕まってから『やれやれ』と言えッ。手前《てめ》ぇ、最近ブッたるんでるんじゃねぇかッ？」

詰所にいた他の同心たちがそそくさと退出していく。村田の怒《いか》りのとばっちりを喰らってはたまらないからだ。

「ははっ、軽率な物言いでございました……」

尾上は青い顔で縮こまっている。

「殺された忠助の身辺を徹底的に洗い上げろ！　忠助を殺したいほど憎んでいた野郎がいるはずなんだ！」

「ハハッ、ただ今すぐに、取りかかりまするッ」

尾上は勇躍《ゆうやく》（と見える姿を装って）立ち上がると、急いで詰所から出て行った。仕事にやる気があるからではない。村田の前から逃げ出したかったのだ。

「お前ぇたちも――」

同心たちに活を入れようとして振り返り、詰所が無人であることに村田は気づいた。怒りの矛先《ほこさき》の向け所を失くしてしまった。

卯之吉だけが居眠りをしている。

「こいつには、何を言っても始まらねぇや」

さすがの村田も、叱り甲斐《がい》のまったくない卯之吉を相手にしては、叱る気力も湧いてこないらしかった。

「親分さん、お頼み申しますよ。これこのとおり！　親分さんしか、頼れる御方がいないんですから！」

赤坂新町にある三右衛門の見世。奥座敷で木菟ノ菊次郎が平身低頭している。

「手前《め》ェ、性懲《しょうこ》りもなく俺の前にその面《つら》を――」

そう怒鳴りかけて、三右衛門の顔つきが変わった。

「手前ェ……、随分《ずいぶん》と顔色が悪いじゃねぇか。おまけに冷や汗なんか流しやがって」

ただならぬ様子に三右衛門の物腰も変わる。

「何をしでかしやがったんだ」

「それは、訊《き》かねぇでやっておくんなせぇ！　とんでもねぇことをしでかしちまった。お江戸から急いで逃げ出さないと、あっしの命にかかわるんで！」

「まんざら嘘とも思われねぇな」

三右衛門は男気が溢《あふ》れすぎている。困っている人物を目にすると、ついつい助けの手を伸ばしてやりたくなる。

「誰に追われてるんだ。悪党仲間か。それとも役人か」

「両方でさぁ。世の中、みんなオイラの敵ばっかりだ」

「落ち着け」

「頼りになるのは親分さんだけなんでさぁ！　オイラを江戸から逃がしてやって

おくんなせぇッ」

「江戸から逃がすったってなぁ。手前ェ、手形は持っているのかよ。手前ェみてぇに風体《ふうてい》の怪しい野郎が街道を歩けば、たちまち宿場役人の目に止まるぜ」

「贋《にせ》の手形を作ってやっておくんなせぇ」

三右衛門は「困ったなぁ」と呟《つぶや》いた。

菊次郎は四つん這《ば》いでにじり寄ってくる。

「親分さんに、こんなことを頼めた筋合いじゃねぇってこたぁ重々承知だ。親分さんの銭箱から持ち出した金だって、まだ返しちゃいねぇ」

「わかってるじゃねぇか」

「金を返《けえ》す代わりに、儲《もう》け話をお聞かせいたしやす」

「その儲け話とやらを、買えってのかい」

「駆け引きなんかしてる暇はねぇから、洗いざらいぶちまけやす。間もなく新綿番船の競争がありやすでしょう」

「おう。江戸中の賭《か》け事好きが目の色を変えていやがるな」

「あれの勝ち船はもう決まってるんだ。大掛かりなイカサマが仕組まれてるんですよ」

三右衛門の目が険しくなった。

「どこで、そんな与太話《よたばなし》を仕込まれやがった」

「与太話なんかじゃねぇんで。勝ち船は天神町《てんじんちょう》の紅屋《べにや》の天通丸《てんつうまる》だ。一番人気は萬字屋《まんじや》の高砂丸《たかさごまる》。二番人気は安芸島屋《あきしまや》の翔鶴丸《しょうかくまる》だが、この二隻は勝てねぇように仕組まれてるんだ。三番人気の天通丸に賭けとけば、掛け金は必ず何倍にもなって戻ってきやす！」

三右衛門は疑り深い目で菊次郎を睨《にら》んで、考え込んだ。

菊次郎は口から泡を飛ばして訴え続ける。

「贋手形が無理なら、街道の親分さんたち宛《あて》の紹介状を書いておくんなせぇ。荒海の親分さんは街道筋に兄弟分を多くお持ちだ。紹介状さえあれば、宿場宿場で、匿《かくま》ってもらえやす！」

三右衛門は苦り切った顔をした。

「手前ェは所払いを喰らって、ずっと江戸を離れて大坂にいた。手前ェが大坂にいる間に、こっちもいろいろとあったのよ」

「……と言うと？」

「今の俺はなぁ、南町の八巻ノ旦那の手下なんだよ」

「えぇっ！」

菊次郎は耳を疑った——という顔つきだ。

「荒海の親分さんが、役人の飼い犬に成り下がった、ってんですかいッ？」

「手前ェ！」

三右衛門は長火鉢を手荒に押し退《の》けて片膝を立てた。

「役人の飼い犬たぁ、よくも抜かしやがったな！」

「だって、おかしいじゃねぇですか！　親分さんが役人の手先になるなんてこたぁ、天と地がひっくり返ったって——」

「俺が親分と見込んだ八巻ノ旦那は、そんじょそこらの役人じゃねぇ！　三国一の御大将《おんたいしょう》だッ。役人の手先になったんじゃねぇッ。親分と見込んだ御方が、たまたま役人だったってだけの話だ！　八巻ノ旦那を見くびるんじゃねぇッ」

いきなり拳骨《げんこつ》でポカポカと殴り始めた。

「あいたたっ！　親分さん、勘弁してッ」

殴られ、蹴《け》られて、菊次郎は転がるようにして逃げていく。

「二度と来るな、馬鹿野郎ッ」

三右衛門は大声で怒鳴りつけた。

何かが船体に当たって、ゴンッと重い音を立てた。

「なんだ？」

源之丞は船倉《せんそう》で横になって、うたた寝をしていた。その音で目を覚ました。

ムックリと起き上がる。

「やけに騒々しいな」

甲板《かんばん》を水夫《かこ》たちが走り回っているようだ。一斉に働く際の掛け声が聞こえる。

滑車の回る音も聞こえている。

源之丞は梯子《はしご》を上がって甲板に出た。日が暮れて星が瞬《またた》きだしていた。

いましも伝馬船《てんません》が下ろされようとしている。江戸の灯火が遠くで揺れていた。

そちらもまるで星の瞬きのようだった。

源之丞に気づいた越前谷渓山が険しい目を向けてくる。

「先ほど常滑屋から使いが来た。わしは江戸に戻って一仕事してくる」

「ほう？　どんな仕事だ。わしも手伝おうか。お前一人では荷が重かろう」

「愚弄《ぐろう》するか。わしひとりで十分だ。わしが戻り次第、出港することになってお
る。大人しく待っておれ」

渓山は縄ばしごを伝い、水面に浮かぶ伝馬船に降り立った。水夫たちが舟を漕いでいく。源之丞は腕組みをして見送った。

「まったく胡乱《うろん》な奴らだ」

そう言いながらも眠くてたまらず、源之丞は大欠伸《おおあくび》をした。寝直すために船倉へと下りて行った。

二

卯之吉は夜の闇の訪れとともに活動的になっていく。まるで夜行生物だ。

今宵《こよい》も吉原に繰り出すべく、町人姿に着替えると、お供の銀八を呼びつけた。

「そろそろ行こうか。明日は非番だ。今夜は思いっきり羽根を伸ばすよ」

非番だろうが当番だろうが毎晩羽根を伸ばしているでげす——と銀八は思ったのだけれども黙っている。

美鈴が戸口のつっかえ棒を横に構えて立ちふさがった。

「行かせません！　今日こそ晩御飯を食べていただきます！」

決死の顔つきで待ち構えている。

卯之吉は銀八に質《ただ》した。

「美鈴様には三国屋にお使いを頼むようにと、言ってあったのに、忘れたのかい？」

　銀八の代わりに美鈴が答える。

「そんな嘘には騙《だま》されません！」

　と、そこへ、

「何をやっていなさるんですかい」

　外の暗がりからヌウッと長身の人影が現われた。

　荒海一家の代貸の寅三だ。不思議そうに美鈴と卯之吉を見ている。

「武芸の稽古《けいこ》ですかえ」

「まぁ、そのようなものだね」

　卯之吉はニコニコと笑顔で応じた。

「ちょうど良かった。三右衛門親分からのお使いかねぇ？　美鈴様、ひとっ走り行って、話を聞いてきてください」

「『ちょうど良かった』ってなんですか！　そう言ってわたしを余所へやらせた隙《すき》に吉原に赴《おもむ》かれるおつもりでしょう！」

　寅三も困惑の様子だ。

「確かに今のあっしは、親分に命じられて来た使いの者なんですがね」

「それじゃ美鈴様、頼みましたよ」

「美鈴様じゃ困るんで。どうでも旦那の御出馬を賜《たまわ》らなくちゃならねぇ大ェ事《でぇじ》が出来《しゅったい》したんでござぇやす」

「どうしたんだい？」

「ウチの一家とまんざらかかわりがなくもねぇ小悪党が殺されやした。木菟ノ菊次郎ってぇケチな野郎なんでござんすが」

美鈴と銀八は驚愕《きょうがく》している。卯之吉はいつものような薄笑いだ。

「はてさて……。困ったことだねぇ」

卯之吉なりに驚いているし、嘆いてもいるのだが、顔つきだけを見ていると不謹慎にもこの状況を楽しんでいるようにしか見えない。

「知り人が骸で出てきたのでは荒海一家もご迷惑だろう。いつも世話になってることもあるし、あたしでよければ喜んで手を貸そうよ」

「親分が聞いたら涙を流して喜びやす」

寅三は低頭した。

「若旦那、黒羽織に着替えて行くでげすよ」

殺しの現場に赴くのだ。番屋の者たちと顔を合わせる。粋な遊び人の姿ではまずい。

美鈴は頰を膨《ふく》らませている。吉原行きはなくなったが、結局、晩御飯は食べてもらえなくなってしまった。


その骸は、堤《つつみ》に植えられた柳の木の下に転がっていた。

赤坂新町から西へ向かった所にある赤坂今井町《いまいちょう》。人家も乏しい暗い場所だ。この辺りには大名や旗本の屋敷が多い。大きな屋敷の広い敷地の裏側はどうしても寂しい場所になってしまう。

死体の周りには十人ばかりの男たちが集まっていた。足元に転がる死体をどう扱ったものか、困り果てている顔つきであった。

「おっ、旦那のご到着だ」

三右衛門が夜道に目を向けて言った。

卯之吉は町駕籠《まちかご》に乗って「えっほえっほ」と掛け声とともにやってきた。皆、茫然《ぼうぜん》とした顔つきで迎える。駕籠に乗って詮議《せんぎ》にやってくる町方同心――などという珍妙な存在を目にしたのは生まれて初めてだった。

「ああ、ご苦労さま」

卯之吉は駕籠から下りると駕籠かきたちに酒手《さかて》（チップ）を渡した。背を向けて泰然《たいぜん》と歩みだす。

「こ、こんなに頂戴《ちょうだい》しちまったぜ……」

駕籠かきが腰を抜かしそうになっていたのだが、目もくれない。

「旦那！　お待ちいたしておりやした！」

三右衛門が頭を下げる。

「あいよ。駕籠かきさんたちもご苦労だけど、あたしもご苦労なことだねぇ」

などと笑っているのだから、傍目《はため》にはいかにも〝南北町奉行所きっての辣腕《らつわん》同心〟らしく見えてしまう。

死体の横には裁着《たつつけ》袴《ばかま》に打裂《ぶつさき》羽織を着けた武士が立っていた。見るからに田舎《いなか》侍《ざむらい》然とした姿だ。

「……そこもとが、八巻殿か」

慄然《りつぜん》とした様子で言う。この武士も途方もない噂を信じ込まされている口らしい。

「あい。手前が八巻にございます。そちら様は？」

武士は仕える藩名と自分の名を告げた。表通りの辻番《つじばん》に詰めるように命じられている、とのことだった。

番小屋は、武士が管理する小屋と、町人が管理する小屋とに大別される。武家地にあるのは武士による辻番小屋だ。しかし町人が絡む事件ならば、町奉行所に詮議が委《ゆだ》ねられる。

町人が差配する番屋からも、番太郎が駆けつけてきていた。そろそろ耳が遠くなってもおかしくなさそうな老人だ。

「八巻様にございますか。お噂はかねがね……」

歯が欠けていて聞き取りにくい声で挨拶《あいさつ》して、白髪頭《しらがあたま》を下げた。

「あなたもご苦労さま。それじゃあ仏様を見せてもらいましょうかね。皆で提《ちょう》灯《ちん》で照らしておくれな」

卯之吉はいそいそと骸に歩み寄った。極度の野次馬根性を発揮しているからなのだが、勇躍、難事件に挑む辣腕同心の姿に見えないこともない。

「ははぁ、これかね。肩口からの一刀でバッサリだ。これは背後から斬られたんだねぇ」

卯之吉は一時、蘭方医の修業をしていたことがある。その医者の治療所の近くには町道場があり、試合で斬られた侍が運びこまれてきた。真剣での他流試合を受け入れる道場であったのだ。

そんな理由で刃物の傷は見慣れている。傷口を見れば、おおよそどのようにしてできた傷なのかを見立てることができた。

もっともそれは、同心としてではなく、医者としての見立てである。身体《からだ》に残る傷を検《あらた》めては、「ふむふむ」とか「なーるほど」などと一人で頷《うなず》いている。

卯之吉の側に、三右衛門が屈《かが》み込んできた。

「旦那、申し訳がねぇ。あっしの手抜かりだ」

「どうしたんだい?」

「こいつは菊次郎っていいやして、あっしの所の飯を食ってたこともある小悪党だ。今日も、あっしを訪ねて来たんでございやすよ」

「ほう! で?」

「不義理を重ねた野郎だったもんで、ついつい腹を立てちまって、追っ払いやした。そうしたらその日のうちにこんな姿になるなんて……。悔やんでも悔やみきれねえ」

話を聞いていた辻番の武士が、目を怒らせて踏み出してきた。

「お前が殺したのではあるまいな！　腹を立てて追い払った、などと白々《しらじら》しいぞ。立腹のままに手に掛けたのに相違あるまい！」

「悪い冗談はよしておくんなせえ。あっしがこんなケチな野郎を殺すもんですかい」

卯之吉は武士に笑顔を向けた。

「このお人、ええと菊次郎さん？　斬ったのは、剣の使い手のお武家様ですよ。長いお刀で斬ったのです」

そう断言した。しかし辻番の武士は諦《あきら》めない。

「用心棒の浪人に斬らせたとも考えられよう」

「ウチの一家に用心棒はいねぇ」

三右衛門が即答する。

「荒海一家と仲の良い浪人様といえば水谷弥五郎《みずたにやごろう》先生ですが、あの御方はこんな派手な斬り方はしませんねぇ。首筋だけスパッと斬って殺しちゃいますから飛び散る血も少ない。返り血で着物が汚れることもないですからねぇ。それに比べたらこの殺しは無惨ですよ。血が四方に飛び散ってますよ」

おぞましいことをサラリと言い放ちながら卯之吉は武士に尋ねた。

「返り血を浴びたお武家様が、表通りを逃げて行きやしませんでしたかね？」

「み、見てはおらんな」

「どうせ居眠りでもしてたんだろうぜ」

三右衛門がボソッと悪態をついた。

「何ぞ申したか」

「何も言っちゃあ、おりやせんぜ」

卯之吉は骸の着物を探っている。

「股引《ももひき》を穿《は》いているね」

三右衛門が頷いた。

「菊次郎は、江戸所払いを喰らった渡世人《とせいにん》でやすから、いつだって旅姿なんでございやす」

「芝の永井町に残っていた下手人の足跡も草鞋《わらじ》履きだったたねぇ」

卯之吉は菊次郎の脚をまさぐっている。そして「むむ」とか「うん」とか呟いた。

さらに卯之吉は骸の懐《ふところ》も探った。

「匕首《あいくち》の鞘《さや》が入っているよ。それで？　柄《つか》と刃物はどこにあるんだろうね」

荒海一家の子分たちが提灯を四方に向ける。

「あった、あった」

卯之吉は草むらの中の匕首を指で摘《つ》まんで拾い上げた。

「これ、菊次郎さんの持ち物ですかね？」

三右衛門も断言できない。どんな匕首を持っていたのかわからないようだ。

「あっしの前では、匕首をちらつかせるような真似《まね》は許さねぇですから」

卯之吉は刃を提灯の火にかざした。

「あっと、これは……」

「どうしやした」

「脂《あぶら》で曇ってるよ。人を刺したことのある刃物なのかもね」

「木菟ノ菊次郎め、黙って殺されはしなかった、下手人に一太刀報《ひとたちむく》いた、ってことですかえ」

「いやいや。今夜の殺し合いでついた脂じゃなさそうだ。拭き取った跡があるものね。旅から旅の渡世人なら山犬（狼）と闘うこともあるかもしれない。研《と》ぎ師《し》さんに見てもらえば、人の脂なのか、違うのか、もし人の脂だとしたら何日前ぐらいについたのか、わかるだろうさ」

「菊次郎は一刻も早く江戸から逃げたい様子でやした。人を殺《あや》めていたのなら、それも頷けやす」

「ふ〜ん。この匕首、芝の永井町の空き地で殺されていたお人の刺し傷と合わせてみたほうがいいでしょうねぇ」

卯之吉は振り返って銀八を見た。

「お前が預かっていておくれ。明日の朝、研ぎ師さんのところに持ち込んで、見てもらうんだ」

銀八は死体が怖くて離れた場所に立っている。人を殺した凶器かもしれない刃物を預かっていろと言われて、震え上がった。

「だいたい、これぐらいでいいや」

卯之吉は〝見るべきものはすべて見た〟という顔つきで立ち上がった。

「それじゃあ、あたしはこれで失礼しますよ。今夜は余所を訪《おとな》う約束があるのでねぇ」

吉原遊廓《ゆうかく》の主人に「これから遊びに行く」と約束したことを言っている。

番屋の老人が質した。

「骸はどうすりゃあいいんで」

「村田さんに黙って動かすと、また怒りだすから、明日の朝、村田さんに骸の様を見せてから、お指図を受けるといいよ。それじゃあ、あたしはこれで。皆様、ごきげんよう」

卯之吉は悠然と立ち去っていく。

「てぇした旦那だ！」

番屋の老人が感服している。辻番の武士も、

「聞きしに勝る大人物……！」

などと言った。

銀八は呆《あき》れる思いだ。

三

翌日の昼。卯之吉は黒羽織の同心姿で、広い座敷の真ん中に座っている。

目の前には鶴と松が描かれた床ノ間がある。違い棚も立派だ。いかにも大身《たいしん》旗本の屋敷に相応《ふさわ》しい豪勢な造りであった。

卯之吉はいつものように笑みを含んで床ノ間や襖《ふすま》に描かれた絵を鑑賞してい

る。緊張した様子はまったく見られない。

開け放たれた障子の外の庭には銀八が座っている。こちらはオドオドとして落ち着かない様子であった。

「若旦那ぁ、これはまずいでげすよ。帰りましょう」

小声で話し掛けるが、座敷の中の卯之吉の耳には届いていないのか、それともまったく無視しているのか、なんの反応もない。

静々と濡《ぬ》れ縁《えん》を渡って、屋敷に仕える武士がやってきた。とりあえず銀八は、

「へへーっ!」

と平伏した。

武士は庭の銀八には目もくれず、卯之吉の待つ座敷に入った。袴を折って座る。

「八巻殿」

武士が声をかけると、卯之吉はニッコリ微笑《ほほえ》んだまま尻をグルッと回して身体の向きを変えた。とてものこと、町奉行所の同心には見えない所作だ。顔つきはさらに同心らしくない。

一方の武士は、あくまでもしかつめらしい顔つきと物腰である。

「せっかく足をお運びくだされたが、わが主《あるじ》は、ただ今、面談中でござる」

「ああ、そう」

卯之吉は飄々《ひょうひょう》としている。

「こっちが急に押しかけたんだから、無理を言っちゃいけない。それじゃあまた、出直すといたしますよ」

軽すぎる腰を浮かせたところで、

「あいや、待たれよ」

武士が止めた。

「我が主の口上でござる。わざわざの来訪、無下《むげ》に追い返すのも義理が悪い。他の客との同席で良ければ、話を聞く――とのこと」

「ほう？　他のお客様ってのは、どちら様なんですかね？」

「上方の商人衆でござる」

「あたしは構いませんけれども、商人様がたは、およろしいのですかね」

「ちょうどただ今、休息中にござる」

「あっそう。それなら話は手短に済ませましょう」

「そうしていただけるとありがたい」

卯之吉は、膝《ひざ》の脇に置いてあった風呂敷包《ふろしきづつ》みを手にした。

「では、ご案内をいたす」

武士が先に立って座敷を出る。卯之吉はその後ろを、ヒョロヒョロとした足どりで続いた。

「ああ、若旦那……。お屋敷の奥に行っちまったでげす」

銀八は胃の痛くなるような思いで見送った。

上郷備前守が茶室らしい座敷の奥に座っていた。茶室らしいと思えるのは茶釜《ちゃがま》の囲炉裏《いろり》があるからなのだが、座敷の広さは二十畳もあって、茶室にしては大きすぎる。

案内の武士が外の畳廊下で膝を揃えて、中に向かって声を掛けた。

「南町奉行所同心、八巻卯之吉殿にございまする」

卯之吉もチョコンと座る。ニコニコしながら座敷に向かって低頭した。

「本日はお日柄《ひがら》もよろしゅう」

「八巻様」

座敷の中から、老人の声が響いてきた。

「茶の席でござる。堅苦しきご挨拶はご無用。どうぞお入りくださいませ」

堅苦しい挨拶など、まったくしていないのだが。

「左様ですか。それでは失礼して」

卯之吉は顔を上げた。座敷の中に目を向ける。

座敷には、富商らしい身形《みなり》の中年男が四人と、宗匠《そうしょう》風に頭巾《ずきん》を被《かぶ》った隠居姿の老体が一人いた。老人は茶人であろう。釜の前に座している。今、座敷に入るようにと促したのも、この茶人に違いなかった。

いちばんの上座には上郷備前守がいる。豪勢な縫箔《ぬいはく》をつけた袖無し羽織を着けていた。

吉原で見た時と同じく、鋭い眼つきをしている。そして尖《とが》った大きな鼻。鷹《たか》を思わせる面相だ。

卯之吉は上郷備前守の正面に座り直して、再び低頭した。

「茶の席にお招き頂き、まことにありがとうございまする」

上郷は、目つきだけは鋭いが、その他はいたって無表情に卯之吉を見ている。

顔の色が白い。白粉《おしろい》を塗っているのであろうか。官位を持つ者ならば、貴族であるので化粧も珍しくはない。なにやら胡粉《ごふん》を塗った人形のようにも見える。そんな風に考えて卯之吉は微笑んでいる。

黙って見つめ合う二人。同席の商人たちには目と目で火花を散らしあっているように見えたらしい。皆、表情を強張《こわば》らせ、居心地《いごこち》悪そうにしている。

茶人が釜に向かって座りつつ、顔だけを卯之吉に向けた。

「八巻様は、茶を好まれまするか」

上方の訛《なま》りがある。この茶人も、本業は上方の商人なのだろう。戦国の世からずっと、上方の豪商は茶道が好きだ。

卯之吉はニッコリと笑って答えた。

「茶道具の名物なら、いくつか集めていますよ」

天下に名高い茶器のことを〝名物〟という。その値は天井知らずで、城一つが買えるほどの高値がつく銘器《めいき》もある。

この場の全員は、八巻同心が冗談を言ったのだと考えた。町奉行所の同心の俸《ほう》禄《ろく》は三十俵二人扶持《ぶち》だ。薄給の貧乏役人である。名物茶器など集めることなど不可能だ。

卯之吉が〝冗談〟を言ったので、場がほぐれた。

「八巻様こそ、江戸に名高い〝大名物《おおめいぶつ》〟にございますな。たいそうなご評判が、大坂にまで届いておりまする。八巻様を茶室にお招きして茶をいただけるとは、茶人の誉《ほま》れにございますな」

「ははは。あたしのことをつかまえて、花釘《はなくぎ》か何かのようにおっしゃらないでくださいましよ」

卯之吉に釣られて、商人たちが笑い声を上げた。

そんな中で一人だけ、冷たい表情で卯之吉を見据えている男がいた。上郷である。

「八巻」

上郷が低い声を発した。その場の全員が一斉に黙り込んだ。商人たちは恐る恐るといった様子で、上郷の顔色を窺《うかが》っている。

「急な用件であろうと思うたがゆえに目通りを許した。茶の席に呼んだわけではない。何用あっての推参《すいさん》か、早《はよ》ぅ申せ」

斬りつけるような冷たい言葉だ。商人たちの表情がますますこわばる。しかし卯之吉は軽薄な薄笑いを浮かべたままだ。まったく怖いもの知らずの無茶な人格ゆえなのだが、人々は卯之吉のことを〝常識知らずの放蕩者《ほうとうもの》〟だとは思っていない。南北町奉行所きっての辣腕同心だと思い込まされている。二千石の大身旗本を前にして笑っていられるのは、切れ者の余裕がゆえだと勘違いをした。

卯之吉は携えてきた風呂敷包みを膝の前にゆっくりと移動させた。

「茶席の飾りにはとうていならない、無粋《ぶすい》な品でございますけれどねぇ」

包みを解いて広げて見せる。

釜の前の茶人は横目でそれを見た。商人たちは身を乗り出して、覗《のぞ》きこんだ。

上郷は質した。

「なんだそれは」

卯之吉は口許に笑みを含んで答える。

「包丁でございますよ」

畳の上に広げられた風呂敷の中に包まれていたのは、一本の包丁であった。商人の一人が乾いた笑い声を上げた。緊張感に堪《た》えられなくなったのかも知れない。

「名のある茶人がお使いになられた包丁ですかな？　千《せん》宗匠様ご愛用の逸品とか」

千宗匠（千利休《せんのりきゅう》）が使った物なら、屑籠《くずかご》だとしても千両の金で取引される。大名物としてありがたがられる。そういう逸話《いつわ》のある包丁ですかと洒落《しゃれ》のめしたのだ。

「いいえ」

卯之吉は笑顔を商人に向けた。その笑顔が不気味に思えたのだろう——なにしろ南北町奉行所きっての辣腕同心だと信じ込まされている。おまけに江戸でも五指に数えられる剣豪、人呼んで人斬り同心だ——商人はビクッと身を震わせた。

「この包丁はですねぇ」

卯之吉はしれっとした顔つきで続ける。

「三日前、芝永井町の潰れ店の裏庭で船乗りさんが一人、殺されましてね」

「こ、殺し……ッ？」

「なんとおぞましいッ」

商人たちが一斉に顔色を変えた。

「その包丁が、殺しに使われたのでございますかッ」

卯之吉は驚き騒ぐ商人たちと茶人の顔を順番に見た。そしてふと、一人の商人の顔に目を止めた。その人物だけ表情が硬い。

しかし卯之吉が口を開く前に、上郷が言った。

「八巻よ」

咎《とが》める口調だ。

「不吉な品を我が屋敷に持ち込むことは許さぬ」

卯之吉は笑顔で手を振った。

「いえいえ。この包丁で、人が殺されたわけではございませんよ。これは、殺しがあった同じ夜に、姿を消した別のお人が、ご自分の長屋でお使いになっていた包丁です。仮にその人を直次さんと呼んでいますけれどね。殺しに使われた品ではございませんので」

商人たちはホッとした様子だ。

卯之吉は懐から白木《しらき》の鞘に納まった匕首を摑《つか》みだして、包丁の横に置いた。

「殺しに使われたのは、こちらの刃物でございますよ」

一瞬ホッとしかけた商人たちは、またギョッとなって身を震わせた。

卯之吉は笑顔だ。

「研ぎ師のお人に見てもらったのですがね、間違いなく人の脂がついてるそうですよ。しかも、その曇り具合から察するに、永井町で殺しがあった日についた脂なんだそうで。脂は空気に晒《さら》されると質が落ちてきますでしょう? 菜種油《なたねあぶら》やえごま油もそうですよね。刃物についた人の脂も、日が経つにつれて色や粘《ねば》りが変わってくるのでしてね」

蘊蓄《うんちく》を披露するのが楽しくてならぬ顔つきで、卯之吉は滔々《とうとう》と語っている。

一方の商人たちは、恐怖に顔を引き攣《つ》らせながら身を仰《の》け反《ぞ》らせている。

「柄を抜いて茎《なかご》を検めましたところ、やっぱり血が残ってました。柄の中にしみこんでたんですよ」

上郷は冷たい顔つきだ。

「不吉な物は持ち込むな、と申したはずだぞ」

「そうでした、そうでした。これはしまっておきましょう」

卯之吉は懐に匕首をしまった。

上郷は何事か考えている。そして言った。

「わしも大坂の西町奉行を務めた男だ。捕り物には関心がある。ゆえに質すが、その短刀はいずこで見つけたのだ」

「昨日の夜、殺されてしまった渡世人の、木菟ノ菊次郎ってお人が持ってました」

「殺されただと」

「あい。永井町で殺されていたお人を殺したのは、その菊次郎さんだと、あたしは考えてます。そして菊次郎さんも、誰かに殺されてしまった」

「話が複雑だな」

「込み入ってますねぇ」

「この一件が、わしの任期中の大坂で起こったものだと仮定しよう。そしてお前が大坂西町奉行所の同心だったとする」

卯之吉は微笑みながら頷いている。上郷は続けた。

「お前は、永井町で起こった殺しの下手人は、菊次郎なる渡世人だと主張する。その証拠となるものは、菊次郎の匕首についていた血と脂だ」

「左様です」

「それでは決め手としては弱い。わしは町奉行として、菊次郎を永井町の殺しの下手人だと認めることはできぬ。別の殺しの下手人かも知れぬし、野良犬を斬ったときについた血脂かもわからぬ」

「もう一つ、決め手がございまして」

「なんだ」

「菊次郎さんは股引を穿いていたんですが、その股引には、ひっつきむしがついてたんですよ」

上郷は眉根《まゆね》を寄せた。卯之吉はホクホクと微笑んでいる。

「ひっつきむしってのは草の種のことなんですけれど」

「知っておる。雑草など、どこにでも生えておろう」

「ところが、菊次郎さんにひっついていたのはヤブタバコの種だったんですよ。ヤブタバコってのは薬草でございましてね。山の中に生えています。江戸の町中ではちょっと見かけない」

卯之吉は医者の卵であったので、薬種には詳しい。詳しいを通り越して〝うるさい〟ぐらいだ。

「永井町の殺しの現場は、店仕舞いした薬屋の裏庭でした。……もう言いましたっけ？」

「続けよ」

「店の主は、売り物の薬草を裏庭で育てていたんですね。茫々《ぼうぼう》と生えてましたよ、そのヤブタバコが」

上郷は「なるほど」と頷いた。

「滅多《めった》につくはずのない血脂と、薬草の種。この二つが揃ったのであれば、菊次郎なる者が下手人であったと推定してもよかろう」

「ありがとうございまする」

卯之吉は低頭した。

「これで最初の殺しの下手人はわかりました」

「一件落着であろう」

「ところがですね、下手人の菊次郎さんも殺されたんです。永井町での殺しがあった日に姿を消したお人も、見つかっていない……この包丁の持ち主です」

「見つけ出せ。それが同心の務めであろう」

「ですから、この包丁を見ていただきたいんですけれどね」

「不吉な品に興味はない」

「まぁちょっとご覧になってくださいましよ。よそのお茶席では滅多に見られぬ珍品でございますから」

卯之吉は包丁を摘まみ上げた。

「皆さま、これがなんに見えますかね？」

商人の一人が答える。

「菜切《なき》り包丁でございますな」

「そうです。青物を切る時に使う包丁。でもこの包丁、上方の包丁ですよね？」

「包丁に、上方と東国の違いがあるんでっしゃろか」

「ありますよ。この刃先のところが、大坂の菜切り包丁は丸くなっている。江戸の菜切り包丁は四角くなってます」

上郷は眉根を寄せている。

「だからなんだと申すのだ。昨今の江戸町奉行所は包丁の目立《めた》てでも始めたのか」

卯之吉は居住まいを正した。

「上郷様にお訊ね申し上げます。ここ何年かの間に、大坂の廻船問屋で、何事か異変がございませんでしたでしょうか」

上郷の目が鋭さを増した。険悪な殺気が茶室を包む。

卯之吉はまったく気づいた様子もなく、ヘラヘラとしている。

「上郷様は、つい先頃まで、大坂の西町奉行様でいらっしゃいましたよね？」

「そうだ」

「でしたなら商人衆は上郷様のご支配でございます。どうでしょう？　何事か異変がございませんでしたでしょうか」

「なにゆえお前は、大坂の廻船問屋に異変があったはずだと考えたのか。そのわけを申せ」

「ですからこの包丁です。永井町での殺しがあった日に、姿を消したお人が使っていた」

「わけがわからぬ」

上郷だけではなく、四人の商人たちも、茶人も、怪訝《けげん》な顔をしている。卯之吉だけがヘラヘラと笑っている。

「この柄を見てください」

「ずいぶんと汚れておるな」

上郷は目が良いらしい。離れた場所からでも見えたようだ。

「ええ。あたしもね、この包丁を使ってた人は料理をするのに手も洗わないのかと呆れたんですけれども、よく見るとこれが違うんです。これはですね。泥汚れがついているんじゃないんですね。別の物が染みついてるんですよ。だから洗っても落ちないんです」

「どういうことだ」

「これはね、チャンです。チャンが染みついている。あたしはすぐにわかりました。蘭学でも実験道具の目止めにチャンを使うもんで。あれは指や着物につくと厄介《やっかい》でございましてねぇ」

どうして同心が蘭学の実験をするのか、謎だらけだが、卯之吉は説明する様子もない。

上郷はとくに気にかけもしなかったようだ。別のことを質した。

「消えた男は蘭癖《らんぺき》（蘭学好み）であったのか」

「そうかもしれないし、そうじゃないかもしれない。で、あたし、次に、鴨居《かもい》にかかっていた法被《はっぴ》に目を止めたんです。長屋の部屋にあったんだから、消えたお人が着ていらした法被でしょうね。これが妙な糸で織られてましてね。どうやら樹皮から縒《よ》り出した糸らしい。普通は皆さん、法被や胴衣《どうい》は太物《ふともの》（綿）で作りますよ。綿布《めんぷ》のほうが温かいし、肌当たりも柔らかい。だけれども、綿で着物を作ると不便な仕事もあるんですよね」

「船に乗る者だな」

「そうです。綿布は水を吸ってしまう。水を吸えば重くなるし冷たくてかなわない。しかもなかなか乾かないときています。船で働くお人たちにとって、綿で法被を作るのは禁物なんです」

卯之吉は包丁に目を落とした。

「つまり、この包丁の持ち主、姿を消したお人は、上方の船乗りさんなんですよ」

卯之吉はニヤニヤしながら首を横に振った。

「しかも困ったことにですね……、最初に殺されたお人も、船乗りさんなんですね。あたしはそう見立てました。どうしてそう見立てたのか、わけをお聞きになりたいでしょうかね？」

「語らずともよい。南町の八巻がそう見立てたのであれば、きっと間違いないであろう」

「下手人でもあり、殺されもした菊次郎さんは、江戸所払いを喰らった罪人でした。菊次郎さんのことをよく知るお人……荒海一家の三右衛門って親分なんですけれど、その人が言うには、菊次郎さんは大坂に逃げていたんだそうで。永井町で殺された船乗りさん。船乗りさんを殺して殺された菊次郎さん。姿を消した包丁の持ち主さん。みんな大坂にかかわりがあったんですよ。どういう経緯《いきさつ》なんでしょうね」

「どう考えておるのだ」

「ですから、それを、大坂の西町奉行だったあなた様に、お伺《うかが》いしているわけでございまして」

「待て」

上郷は、俯《うつむ》いてちょっと考えてから、答えた。

「消えた男が上方の包丁を持っていたからといって、上方の者だとは限るまい。上方の大名の屋敷は江戸にいくらでもある。古包丁が古物屋に引き取られることもあろう。その古包丁は市中で売られる。上方の包丁を持っていたというだけでは身許の証《あかし》とはなるまい」

「消えたお人は信濃の手形を持っていましたが、偽りでした」

「人別《にんべつ》も持たぬ悪党だった、ということだな」

「一言も口を利かないお人だったそうで。あたしはこれもね、上方の訛りを隠すためだったんじゃないか、と考えてるんですけれどね」

「九州の訛りを隠すためだったかも知れぬし、陸奥《みちのく》の訛りを隠すためだったかも知れぬ」

「そうかもしれないので、前《さき》の大坂西町奉行様にお教え願えないものかと思ってるんですがね。大坂の廻船問屋で何事かが起こって、船乗りさんが無宿人の身分に落とされた——そういうお裁きがあったのなら、この一件、落着したも同然なのでございますけれどねぇ」

上郷は黙っている。卯之吉は苦笑した。

「まぁ、あたしが大坂まで行って、調べればいいだけの話なんですけどね。なにしろあたしは、気性が怠惰《たいだ》にできているもので」

「わしの知恵など借りずとも、天下に名高い辣腕同心が乗り出すのであれば、落着したも同然であろうぞ」

上郷は同席の商人たちを見回した。

「どうじゃな。八巻がこの一件を見事に落着させるかどうか、賭けようではないか」

どうやらこの場の全員が賭け事好きであるらしい。

上郷は率先《そっせん》して言い出した。

「わしは、八巻が落着させるほうに賭けようぞ」

商人たちは、オドオドと答える。

「手前も、八巻様が見事に謎を解きあかし、下手人をお捕まえになるほうに賭けさせていただきまする」

「手前も、八巻様のお手柄に……」

「もちろん手前も同じにございまする」

　上郷は苦笑いした。

「これでは賭けにならんな」

　すると卯之吉がニコニコしながら答えた。

「それでは、あたしが逆張りをお請《う》けいたしましょう。あたしが一件を落着できないほうに、賭けますよ」

　商人たちは、卯之吉が何を言い出したのか計《はか》りかねている顔つきだ。上郷だけが上目づかいに卯之吉を睨《ね》めつけながら笑っている。

「この者たちの賭け金は小銭ではないぞ。禄米三十俵の同心に請けることのできる額ではない」

「左様でございますか？　いかほどご用意すればよろしいので」

「百両もあればよかろう」

「ならばここに」

　卯之吉は懐から紙入れを出すと、折り畳んで入れてあった紙を出して広げた。

「ちょうど百両の為替《かわせ》を持っておりました」

　商人たちの顔色が変わる。すまして座っていた茶人も目を剝《む》いている。

「大坂に下るための路銀にするつもりでしたけれど、ま、いいでしょう。あたしが勝てば倍に増えますから。フフフ。それではあたしはこれで、失礼いたしますよ」

卯之吉は包丁を風呂敷にクルクルと包むと、上郷に向かって拝礼した。シナシナとした足どりで出て行った。

卯之吉の足音が遠ざかると、商人たちは一斉に溜《た》め息《いき》を吐き出した。

「なんてぇ恐ろしいお人や……」

「この歳になるまで生きてきましたが、今日がいちばん、肝《きも》が冷えましたで」

商人の一人が立ち上がり、為替に歩み寄って拾い上げた。そして、

「げぇっ」

と喉《のど》を鳴らした。

「為替の差し出し人は三国屋さんでおますがな！」

他の商人たちも色めき立つ。

「三国屋さんってのは、あの、江戸一番の札差《ふださし》の三国屋さんでっか」

「三国屋さんの為替を、まるで捨てるようにして置いてゆかはるとは……」

「しかも額面は百両！　あのお役人様、いったい何を考えていなはるのや！」

「まさに江戸一番のお役人様……聞きしに勝る大人物や！」

口々に喚《わめ》きたてる商人たちを、上郷は暗い顔つきで見つめている。

商人の中にも一人だけ、苦虫を嚙みつぶしたような顔で座っている者がいた。

常滑屋儀兵衛であった。

四

「わしの屋敷に、乗り込んで来るとはな……」

茶室には上郷備前守と常滑屋儀兵衛だけが残っている。

囲炉裏の火は炭壺《すみつぼ》に移され、茶釜はすっかり冷えていたが、上郷は腰を上げようとはせずに考え込んでいる。

常滑屋も苦り切った顔つきだ。

「大胆不敵なお振る舞いにございました。怠惰ゆえ——などと言いわけして、御前様を詮議してこようとは……」

卯之吉は本当に怠惰な男で、かつ非常識だから、『大坂まで調べに行くよりも大坂町奉行をやっていた人に訊いたほうが早い』と考えてやってきたのだ。

しかし、それが真実だとは誰も思ってくれない。南北町奉行所一の同心で、老中本多出雲守の懐刀《ふところがたな》でもある八巻同心が、真っ向から挑戦してきたのだと勘違いをされた。

「八巻様に、いかほどこちらの内情を摑まれてしまっているものやら……。総身《そうみ》に震えが走りまする」

上郷は横目で常滑屋を睨みつけた。

「うろたえるでない。八巻には、まだ何も摑まれてはおらぬ」

「なれど御前《ごぜん》様。八巻様の眼力は、千里眼とも言われておりまする」

「もしも八巻が確かな証拠を摑んでおるのであれば、我が屋敷に乗り込んでは参らぬ。そなたの行状《ぎようじよう》を評定所（幕府の最高裁判所）に上げて、それで落着だ」

「てっ、手前の行状、とは……、あんまりな仰《おお》せにございまする。御前様も一味《いちみ》同心《どうしん》ではございませぬか」

「貴様と心中するつもりはない」

上郷は言い切った。常滑屋は絶句した。上郷はあくまで冷ややかな顔だ。

「ともあれ、これでヤツの手管《てくだ》は読めたな」

「と、仰《おつしや》いますと？」

「ヤツは、常にこのようにして相手を揺さぶり、うろたえさせ、悪手《あくしゆ》を打たせようとするのだ。八巻に目をつけられた者は、今のお前のように度を失って、やらなくてもよい策をわざわざ手につけてしまう。そしてその場を証拠として八巻に押さえられるのだ」

「なるほど……」

「お前はどっしりと構えておればよい。八巻といえども江戸町奉行所の同心だ。町奉行所の同心は、江戸の地を離れることはできぬ」

「なれど八巻様は隠密廻《おんみつまわり》同心でございます。三国屋の為替は『路銀にするつもりだった』との仰せでした」

「大坂には歩いてゆかねばならぬ。ヤツが大坂に着く頃には、我らの謀《はかりごと》は成し終えておる」

「……確かに左様でございますな」

「策が成就《じょうじゅ》して金さえ手に入ればこっちのものだ。本多出雲守様も大奥も、賂《まいない》さえ渡しておけば何も問わぬ。我らの謀は不問に付される」

「そう願いたいものです」

「お前も大坂に赴け。策を進めるのだ。首尾よい報《しら》せを待っておるぞ」

「畏《かしこ》まってございまする」

常滑屋儀兵衛は低頭して、去った。

上郷備前守は、

「常滑屋め」

と呟いた。

「八巻の顔を見ただけで竦《すく》み上がりおった。小心者は信用に足りぬ」

常滑屋儀兵衛が事をし損じるようならば、その先に手を打っておかねばならない。

上郷はかたわらの鈴を鳴らして近臣《きんしん》を呼んだ。

「お呼びにございましょうか」

引き締まった顔つきの武士が濡れ縁までやってきて正座した。その膝が分厚い。着物越しにも足腰の筋肉の鍛えぶりがわかった。

「大坂へ行け」

上郷は武士に命じた。

「もしも八巻が大坂に現われ、常滑屋の悪事に気づいたならば――」

「八巻を斬りまするか」

武士は三白眼《さんぱくがん》を剥いて主君である上郷を凝視している。

上郷は小声で策を授《さず》けた。

「御下命《ごかめい》、しかと承《うけたまわ》りましてござる」

武士は膝を立てると退出していく。その後ろ姿に迷いはまったく感じられなかった。

念のための処置はしたものの、上郷は事態を楽観視している。

「八巻が大坂に現われることは、まず、あるまい」

東海道をどんなに急いでも十五日はかかる。普通の旅人の足ならば一月《ひとつき》かかることもある。

「八巻の足腰が武芸で鍛えられているとしても、往復一月以上かかるのだ」

上郷はニヤリと笑った。


強い風が吹いている。帆柱から伸びた筈緒《はずお》の縄が「ビィーン」と風きり音を立てていた。

白い波が弾けた。水押《みよし》(船の舳先《へさき》)が力強く波を乗り越えていく。空は青く、うろこ雲は天高くにかかっている。空の青と海の群青《ぐんじょう》の端境《はざかい》で、波に反射した陽光が煌《きら》めいていた。

大海原《おおうなばら》。卯之吉を乗せた大船が進んでいく。白い帆をいっぱいに張った千石船《せんごくぶね》だ。伊豆《いず》の下田《しもだ》の南を越えて西へ向かう。

北の空には——雄大な富士山がそびえている。富士から吹き下ろす風が海原に大波を立てていた。

「速い、速い、速ーい！」

船上の卯之吉は大はしゃぎだ。船の舳先の合羽《カッパ》（船倉につけられた屋根）の上を走り回っている。

風が強く吹いて、帆がバタバタとはためいた。風向きが変わって船がグラリと傾くと、親仁《おやじ》（水主《かこ》の頭《かしら》）が、

「面舵《おもかじ》〜！」

と叫んだ。若衆（平の水主）が三人がかりで舵柄《かじづか》を押さえた。

船は、グッ、グッ、と回頭《かいとう》し、波に逆らって力強く進んでいく。

卯之吉は面白そうに船乗りたちの働きぶりを見ている。

「ははぁ。帆に風を横から受けて、横に押し流されようとするところを、舵で逆に押さえて前に進む力に換えてるんだねぇ」

横に立つ船頭が苦笑する。

「三国屋の若旦那さんは、船の仕掛けを飲みこんでいらっしゃる」

赤銅色《しやくどういろ》に日焼けした四十代半ばの男である。皮肉な口調だ。目を細めているのは、笑っているのか、眩《まぶ》しいからなのか、よくわからない。

船頭には、沖船頭（船長）と居船頭（船の所有者）のふたつがある。この男は沖船頭だ。廻船問屋に雇われて、船と航海を宰領《さいりよう》していた。

「どういうわけで、江戸の商人である若旦那さんが、船の操り方を御存じなんですかね」

素人《しろうと》が賢《さか》しらぶった口を利くな、と言わんばかりの口調であった。

「そりゃあ、あなた」

卯之吉は朗らかに笑った。

「こう見えてもあたしは船には詳しいですよ。毎晩猪牙《ちよき》に乗って大川を渡ってますからね」

「ほほう？　吉原通いで船の操り方を覚えましたかね」

船頭はますます小馬鹿にして笑った。卯之吉は気にしない。

「大川の流れはきついですよ。北から南へと大水が流れてくる。猪牙の船頭さんに言わせると、川の流れを船体で受けて、押し流されるところをすかさず櫂《かい》で上手にあしらってやるんだそうで。『そうすると船頭が漕がなくったたって、舟は前に進んで行くんだ』って話でしてね。なるほど確かに老練な船頭さんは、漕がずともスイスイ舟を進めていく。逆に若い未熟な船頭さんは、シャカリキになって漕いでいるのに、なかなか前に進んで行かないものなのでしてね」

船頭が笑みを引っ込めて真顔になった。卯之吉はニコニコと続ける。

「こちらのお船も同じことでしょう？　風を受けて横に押し流されるところを、上手に舵であしらってあげて、前に進んでいる。大川の流れも、富士颪《ふじおろし》の風も、同じことでしょうよ」

「あんさんは、てぇした旦那だぜ」

船頭は一転、感服した様子で頷いた。

「水主でもなかなか飲みこめねぇ道理（原理）を見抜いていなさる。あんさんが跡取りさんなら、三国屋さんは、今後ますます繁昌することでしょうぜ」

卯之吉は裕福な商人の姿をとっている。重い刀を差して旅をするのは絶対に嫌、という理由だ。南町奉行所の同心であることは隠して、三国屋の若旦那を名乗っている。

「いや、あたしはね……」

「頭ッ、巻き波だ！」

　船首に立って見張りをしていた楫取《かじとり》（副船長）が注意を促した。

「面舵ッ。左の手縄《てなわ》を引けぇ」

　船頭が指図する。卯之吉の話は聞いてもらえず、勘違いが正されることはなかった。

　帆桁《ほげた》（帆を広げるための横棒）に取り付けられた手縄が引かれて帆の角度が変わる。同時に舵が切られると、船は大きく進路を変えて危険な波を回避した。

　船頭は舵を戻させ、帆の張り具合を、大きく見上げて確かめた。親仁が若衆に指図して手縄を締めたり緩《ゆる》めたりしている。船は安定を取り戻し、再び力強く前に進み始めた。

　船頭は卯之吉に顔を向けた。

「おあつらえ向きの風が吹いてまさぁ。若旦那は金比羅《こんぴら》様（航海の神）にも目をかけてもらっていなさると見える。〝開き走り〟だが、この分なら五日で大坂に着きましょうぜ」

　開き走りとは横風を受けて帆走《はんそう》することをいう。横風でも強い風ならば船速は上がるのだ。

「嬉しいねえ。大坂ではいったいどんな楽しみが待っていることやら。今から胸が躍るねえ」

「大坂は名にし負《お》う〝食い倒れの町〟でございやす。江戸じゃあ食えねぇ美味《うま》い物を、鱈腹《たらふく》食うことができやす」

卯之吉は困った笑みを浮かべた。

「あたしは食が細いからねぇ……」

食べ物にはあまり興味はない。

「銀八、お前はさぞや楽しみなことだろうね」

横を向くと銀八が真っ青な顔をしていた。目の下には隈《くま》をつくり、頬《ほお》は痩《や》せこけている。

「今のあっしは、食べ物のことを思い浮かべただけで、もう……グエエッ」

垣立《かきたつ》(船の舷側《げんそく》の板)に駆け寄って上半身を外に乗り出すと、海原に向かって吐き散らしだした。

江戸の河岸で、この船に乗り込むための伝馬船《てんません》に乗った時から、酷《ひど》い船酔いに悩まされていたのである。「船に乗る前から船酔いしてるヤツを見たのは初めてだ」と水主たちに呆れられたほどだ。

「あと五日も船に乗ったままだなんて……死んでしまうでげす……」

銀八は、卯之吉を旦那に持ったことを今日こそ後悔した。今までもさんざん酷い目にあってきたけれども、この航海がいちばん辛い。

「銀八さん、あんまり身を乗り出すと海に落ちます」

銀八の腰帯を美鈴が摑んでいる。手を放せば銀八は垣立の向こう——つまり海に転落してしまいそうだ。

さりとて美鈴も若い娘だ。前髪立《まえがみだ》ちの若侍に扮しているけれども若い娘だ。吐き散らす男の介抱《かいほう》などはしたくない。できるかぎり顔を背けている。

「わたしまで気分が悪くなってしまいそう……」

青い顔をして、そう言った。

第四章　大坂廻船問屋九店《かいせんどんやくみせ》

一

「やあやあ、ここが大坂かね。さすがは天下に鳴り響いた商人の町。たいそうなご繁昌だねえ」

卯之吉が垣立《かきたつ》から身を乗り出し、手を叩いて喜んでいる。

大小の河川《かせん》が合わせて何十も海に向かって注ぎ込んでいる。それらのすべてが河岸を石垣で固められていた。

数えきれないほどの船が繫《つな》がれて、荷の上げ下ろしがされている。

町中を埋めつくすのは、白壁の蔵、蔵、蔵。いったいどこまで蔵が立ち並んでいるのだろう。甍《いらか》の重なりはまるで波のように連《つら》なって、霞《かすみ》の彼方《かなた》の地平に消えている。町中――ではなく、平野のすべてが、商家と蔵で埋めつくされているのであった。

霞の彼方には、高い石垣と白亜《はくあ》の櫓《やぐら》が見える。大坂城だ。

「いやぁ驚いたねぇ。日本のすべての産物と米が、この町の河岸に集められているのだねぇ。たいしたものだねぇ」

「旦那様、そんなに身を乗り出されたら危ないです！　落ちてしまいます」

美鈴が卯之吉の帯を摑《つか》んで引き戻そうとする。

しかし卯之吉の興奮は、美鈴に窘《たしな》められたぐらいでは止まらない。帯を摑んでもらっているのを良いことに、足まで上げてバタバタとさせた。

卯之吉たちを乗せた千石船《せんごくぶね》は難波《なにわ》の内海（湾）を進んでいく。本帆《ほんぽ》を下ろして弥帆《やほ》（船首に立てる補助の帆）だけで帆走《はんそう》した。

湊《みなと》は川の中や河口《かこう》に造られる。海の潮水《しおみず》に船を泊めると、船虫《ふなむし》などの害虫が発生して船材に穴を空けてしまうからだ。湊は真水《まみず》（あるいは汽水《きすい》）の流れる場所に造る必要があるのだ。

大坂には安治川《あじがわ》と木津川《きづがわ》という二本の河川（どちらも淀川《よどがわ》の支流）があり、安治川の湊は太平洋を航海する船が使用し、木津川の湊は日本海を航海する船（北《きた》前船《まえぶね》)が使用する。

卯之吉の船は、安治川に向かう。

と、その時、ひときわ大きな波が押し寄せてきて、卯之吉たちを乗せた千石船を大きく揺らした。

「萬字屋さんとこの船や」

舳先《へさき》に立って進路を見定めていた楫取《かじとり》が叫んだ。

卯之吉も「おお!」と賛嘆の声を上げる。巨大な船が今まさに、安治川の湊に入港しようとしていた。全長はおよそ百二十尺はあるだろう。卯之吉の乗る船よりも三割増しの大きさがあった。卯之吉たちの船が小型だというわけではない。あちらの船が巨大すぎるのだ。

巨船は帆を半分だけ上げて進んでいく。その水押《みよし》がかき立てた波で、難波の海に浮かんだ周囲の船のすべてが、激しく上下に揺さぶられている。

「こない大波立てられたら入港は無理やで。弥帆ォ下ろせー」

楫取が指示を出す。巨船が作った横波の中を進んで行ったなら、他の船と衝突してしまう——と判断したのだ。

卯之吉たちの船は止まり、巨船は堂々と湾内を進んでいく。

いつの間にか船頭が卯之吉の横に立ち、一緒に巨船を眺めていた。

「萬字屋さんの高砂丸でんな。噂では千二百石積み、ゆう話でしたな。……住吉《すみよし》ノ権兵衛《ごんべえ》めが、とうとう造りあげたんやなぁ」

卯之吉は〝なんでも知りたがり屋〟である。

「萬字屋さんってのはなに？」

「大坂の廻船問屋を差配する〝九店《くみせ》〟の一つでしてな。大店《おおだな》でございやすのや。大坂から江戸に荷を運ぶ船をようけ扱っていなさる」

「あの船も、その萬字屋さんの持ち船のひとつかね。住吉ノ権兵衛ってのは誰だね」

「船大工《ふなだいく》の棟梁《とうりょう》の名前でがす。当代一の腕の持ち主で、かねてより『日本一の速い船を造るんだ』って息巻いておりやした」

「そうして出来上がったのがあの船かね。たいしたものだねぇ。お前様の船も大きいと思ったけれど、あちら様の船と比べたら、まるで子供だ」

卯之吉自身も目を輝かせて感心しているので、船頭は、面白《おもしろ》くない顔をした。

「船を活かすも殺すも、船頭の腕次第でがすよ」

不貞腐《ふてくさ》れた様子で船尾のほうに戻って行った。

美鈴が微妙な顔つきで見ている。（どっちも子供だ……）と内心、呆《あき》れているのに違いない。

高砂丸は河口に達すると舵《かじ》を引き上げた。川底につかえぬようにするためだ。その舵板もまた、巨大であった。

高砂丸は大坂湊の衆目《しゅうもく》のすべてを惹き寄せている。玄人《くろうと》の船乗りたちも興味津々の顔つきだ。わざわざ小舟で漕ぎ寄せていく者までいた。舵の形と大きさは船の性能を黙示している。誰もが、船大工名人、住吉ノ権兵衛の工夫のほどを盗み取ろうとしているのに違いなかった。

卯之吉たちの千石船も安治川に入った。卯之吉と銀八は伝馬船《てんません》を使って船から下りる。伝馬船は〝安治川橋の河岸〟に漕ぎ寄せられていく。

卯之吉は伝馬船の舳先に立った。大坂の賑《にぎ》わいに目を向けている。

銀八は船底に転がっている。旅の間じゅう、ほとんど飯を食べていない。それどころか水すら受けつけていなかった。飲めば即座に吐き戻してしまうのだ。即《そく》身成仏《しんじょうぶつ》の餓鬼身《がきみ》（ミイラ）のように痩《や》せこけた姿で細い息をついていた。

「あっ」と美鈴が声を上げた。

「あれは三国屋の大主人《おおあるじ》さんでは？」

なんと三国屋徳右衛門が桟橋で手を振っているではないか。

「本当ですねぇ。大坂の米会所《こめかいしょ》に来てたんですねぇ。秋ですからねぇ。米会所でつけられる米の値が気にかかったのでしょうねぇ」

卯之吉は笑っているけれども、美鈴は唖然《あぜん》としている。

三国屋の大主人は七十を超えた老体だ。江戸から大坂まで陸路を辿《たど》ると二十日《はつか》はかかる。駕籠《かご》を使ったとしても肉体の疲労は甚大《じんだい》だ。普通の老人であれば過労で死ぬ。

金儲《かねもう》けに対する執念が体力の限界をも超越させたのであろう。

船が桟橋《さんばし》に着けられると、徳右衛門が小走りに寄ってきた。卯之吉は船を下りて桟橋に立つ。徳右衛門が深々と腰を折った。

「八巻様、ようこそお着きを！　遠い大坂までの御用旅、まことに頭が下がりまするぅ」

例によって仰々《ぎょうぎょう》しい。三国屋徳右衛門は自《みずか》らの財力で孫の卯之吉をむりやり同心に仕立て上げたくせに、『八巻同心は南北町奉行所きっての辣腕《らつわん》同心』という噂を誰よりも深く信じ込んでいる。

卯之吉もこの祖父にだけは（困ったなぁ）と苦笑せざるをえない。

「まぁまぁ。そのように大げさなご挨拶《あいさつ》はご遠慮申し上げますよ。今のあたしは江戸の札差、三国屋の放蕩《ほうとう》息子なのでございますからねぇ」

徳右衛門は「ハッ」となった。

「これは……とんだ不調法《ぶちようほう》をいたしましたッ。隠密廻同心様の影働きとは露知《つゆ》らず！　どうりで同心様らしからぬお姿をしているものと……。とんだご迷惑をお掛けいたしまして――」

「ええとね、ですから、そのようなご挨拶はご無用にお願いいたします」

美鈴も船を下りた。

銀八は美鈴の手を借りてようやく立っているような有り様だ。

「まだ足元が揺れているでげす……」

卯之吉は「うん」と頷《うなず》いた。

「揺れているよ。この桟橋は浮橋だから。そういった物言いは地面に立ってからお言い」

荷物は銀八が担《かつ》ぐことになっているのだが、力仕事のできる状態ではない。卯之吉は湊で客待ちをしている男衆を呼んだ。

「あたしの荷物を運んでおくれな」

「へい。旦さん」

力自慢の男たちが伝馬船に向かう。

卯之吉は「ウフフ」と微笑《ほほえ》みながら目を左右に向けた。

「それじゃあ、まずは新町《しんまち》に揚《あ》がりましょうかねぇ。腰を落ち着けさせないことには何もできない」

美鈴が目を怒《いか》らせて卯之吉の袖をギュッと握った。

「まずは旅籠《はたご》に〝腰を落ち着ける〟のでございましょう！」

新町は大坂の花街《かがい》である。『まずは花街に腰を落ち着ける』などという物言いは卯之吉でしかありえない。

徳右衛門は愛想笑いを満面に張りつけた。

「それでしたならば、手前の店にご逗留《とうりゆう》くださいませ。三国屋は大坂にも出店《でだな》を構えておりますので」

「ああ、そうでしたか」

なんともおかしな祖父と孫の会話である。

大坂の出店だとしても、三国屋の所有する家屋であるならば、それは卯之吉の家でもあったはずだ。それを〝初めて知った〟という卯之吉の頭の構造がよく分からない。

自分の家がどこにどれだけの家産を持っているのかすらわからない。卯之吉の無関心と三国屋の財力はどちらも常識を超えている。美鈴のほうが頭がクラクラしてきた。

「どうぞこちらへお渡りを。足元にお気をつけて」

徳右衛門が恭《うやうや》しげに先に立った。卯之吉が笑みを含みながらシャナリシャナリとついて行く。その後ろを若侍姿の美鈴と餓鬼身の銀八が歩む。さらにその後ろには〝どうしてこんな大荷物を持ってきたのか〟と不思議がるほどの大きな葛籠《つづら》を担いだ男衆が続いた。

なんとも奇妙な一行だ。天下の珍宝には見慣れているはずの湊の人々が目を丸くして見守っていた。

二

「それ〜っ、歌えや踊れや〜」

卯之吉の声が新町に響きわたった。

新町遊廓《ゆうかく》は大坂で唯一の官許花街であった。西横堀川《にしよこぼりがわ》、立売堀川《いたちぼりがわ》、長堀川《ながほりがわ》に囲まれている。江戸の吉原、京の島原《しまばら》と並び称される、日本三大遊里だ。遊女八百人を抱えている。大坂の社交場であると同時に、大坂文化の中心地でもある。

大坂では揚屋《あげや》は〝お茶屋〟と呼ばれていた。大坂のお茶屋の建物は、意匠《いしょう》を凝《こ》らした豪勢な造りで有名だ。

江戸の吉原の遊廓は、どれほどの大見世であろうとも、板葺《いたぶ》きか藁葺《わらぶ》きの粗末な屋根を上げている。江戸は武士の町、役人の町だ。『武家屋敷を差し置いて瓦《かわら》を葺くなど以《もっ》ての外《ほか》』という、身分差別を強いられている。

一方の大坂は商人の町だ。武士の法度《はっと》など何のその、町人が金にものを言わせて贅《ぜい》を尽くす。新町の遊廓群は、龍宮城《りゅうぐうじょう》もかくやと思わせる華やかさだ。豪華に建ち並んだお茶屋の中でも、さらにこの『吉田屋《よしだや》』は別格の格式を誇っていた。

文楽《ぶんらく》や読本《よみほん》など、物語の舞台にもなっている。大名屋敷の御殿のごとき大広間。襖《ふすま》には金箔銀箔《きんぱくぎんぱく》を豪勢に押し、上方絵師の筆による障壁画《しょうへきが》（襖や壁に描かれる絵）で彩られている。

百目蠟燭《ひやくめろうそく》の炎が金箔銀箔に反射する。夜だというのに、座敷は眩《まぶ》しいほどの輝きによって包まれていた。

金色の光の中、卯之吉がいつものようにクネクネと踊っている。その姿を宴席の一同が、啞然として見守っている。

江戸時代、日本の文化と芸事の中心は京と大坂であったが、上方の芸子たちの目にも、それは新奇な踊りとして映った。

同席している豪商たちなら尚更《なおさら》のことだ。皆、言葉を失くして卯之吉の不思議な踊りを見守っている。

大坂の町人社会は、世襲の三郷惣年寄《さんごうそうとしより》（北組、南組、天満組《てんまぐみ》の長）と、町ごとの商人の中から入札（選挙）で選ばれた町年寄に委《ゆだ》ねられている。町人による自治組織の上に、東西町奉行所と大坂城代が君臨《くんりん》していた。

座敷には町年寄を含めた豪商連が顔を揃えている。卯之吉は三国屋の若旦那という触れ込みで大坂に乗り込んできた。江戸一番の札差の三国屋を無視することはできず、お付き合いとして同席していたのだ。

座敷の左右に十人ずつ、合わせて二十人の商人たちが膝を揃えて並んでいる。

堂島《どうじま》の米会所から足を運んできた商人もいる。遠くは出羽国《でわのくに》から米を納入する商人もいた（出羽で取れた米は江戸に直接運ばれるのではなく、北前船で下関《しものせき》を回って、いったん大坂に集められる）。皆々、大坂の米相場に大きな力を持つ者たちばかりだ。

卯之吉が安治川沖で目撃した大船を擁する廻船問屋、萬字屋の主人の姿もある。齢《よわい》六十を過ぎた、恰幅《かっぷく》の好《い》い商人だ。老体だが皮膚はテラテラと脂《あぶら》ぎっている。歳には似合わぬ野心と覇気《はき》を感じさせる風貌であった。

卯之吉は「クネッ」と見得《みえ》を切って、踊りを終えた。

豪商たちは互いに顔を見合わせていたが（ここで拍手をするべきなんやな）と覚《さと》ったのか、最初は疎《まば》らに、次第に盛大に、拍手をした。

遊女たちは卯之吉の芸風が理解できないながらも、端倪《たんげい》すべからざるものを感じ取っている。

「これがお江戸の〝今流〟でございますのんか」

「お江戸からの〝下《くだ》り音曲〟とは、考えもしまへんどしたなぁ」

音曲などの流行は〝文化の発信地〟から〝地方〟へと伝播《でんぱ》していく。卯之吉の新奇な踊りは、上方の玄人たちの自負心をも、少なからず揺さぶった様子であった。

豪商連も遊女たちも、皆、微妙な心境なのだが、他人の気持ちを推し量るということがまったくできないのが卯之吉だ。ひたすら上機嫌で上座の金屏風《きんびょうぶ》の前に戻ると、遊女たちの酌を受けて朱塗りの盃を飲み干した。

「それでは皆様、楽しくやっておくれなさいまし！」

高らかに囃《はや》し立てた。芸子たちが三味線を鳴らす。宴席が賑々しさを取り戻した。

銀八が心配そうに寄ってくる。

「若旦那、遊んでばかりでは困るでげすよ。この大坂には、お役人様として、ご詮議《せんぎ》の筋があって、乗り込んで来たんでげすから」

顔色は相変わらず悪い。船旅での疲労によって無惨なほどに窶《やつ》れている。眼球が落ちくぼみ、目の下に隈《くま》を作った顔で幇間《ほうかん》を務める姿は鬼気せまるものがある。まるで一命《いちめい》を賭《と》して旦那の放蕩を叱る忠義者かなにかのようだった。

「お江戸で起こった二件の殺しの根本《こんぽん》は大坂にある——と言ったのは若旦那じゃねぇでげすか。宴会なんかしてねぇで、早速、聞き込みを始めるでげすよ」

一方の卯之吉は、いつもどおりの軽薄な笑みを浮かべている。

「おや？　そうなのかね。ご詮議のために大坂に来たなんて、誰がそんなことを言ったかね？」

銀八は仰天している。

「本多出雲守様にそう言上《ごんじょう》して、南町奉行様にも口利きを頼んで、江戸を出てきたんじゃねぇでげすか……！」

「そうとでも言わなければ、大坂行きを許しちゃもらえないだろう？　あたしは大坂で遊びたかっただけだよ」

卯之吉は立ち上がると金扇《きんせん》をひらめかせた。

「さぁさぁ皆様、今夜はとことん飲み明かしますよ！　お姐《ねえ》さんがた、派手にやっておくんなさいな！」

銀八は、体力が衰えていることもあり、もう何も言う気力がなくなってしまった。そのまま気を失ってしまいそうだ。卯之吉のお株を奪う〝立ったままの失神芸〟であった。

卯之吉は宴会では底抜けに人が好い。人好きのする性格である。おまけに邪気がない。

楽しい宴が半刻も続けば、座敷は卯之吉の色によって染め上げられる。

大坂の町年寄と言えば、腹中に一物《いちもつ》も二物《にもつ》も抱えた海千山千の曲者《くせもの》揃いなのだが、卯之吉の朗らかさの前に、すっかりほだされて、心底からの笑顔を浮かべていた。

「こないに楽しい宴席は久方《ひさかた》ぶりでんなぁ」

「ほんまに、もてなし上手の若総領はんやで」

「あの若旦《わかだん》さんなら、お役人様のお心もようけお盗りなさるやろ。三国屋はんも、ますますのご繁昌疑いなしや」

豪商の一人が銀八に目を止めて「コレコレ」と呼びかけた。

「お前はお江戸の幇間やそうやな。お江戸の幇間芸っちゅうのがどないなもんか見てみたい。なんぞやって見せなはれ」

金持ちに命じられれば否とは言わない。むしろ望むところだ。

銀八は江戸一番の駄目《だめ》幇間だけれど、自分では、そうは思っていない。

(上方の旦那衆をあっしの芸で魅了するでげす！　お江戸の幇間の面目《めんぼく》が、あっしの芸に懸かってるでげすよ！)

勇躍《ゆうやく》、座敷の真ん中に躍り出た。

「それではお姐さんがた、よろしくお願いするでげす」

銀八は〝得意の〟踊りを披露し始めた。

途端に——宴席の空気が冷たく凍りついた。

三味線や鳴り物を担当する遊女たちも表情を引き攣《つ》らせている。

「姐さん、ウチ、どう拍子を打ったらええんか、わからへん」

などと小声で年嵩《としかさ》の芸子に訴える若い遊女まで出てくる始末だ。

銀八の歌と踊りがあまりにも拍子を踏み外しているので、伴奏が不可能なのだ。

これも江戸で流行《はや》りだした新規の芸なのか。いや、そんなはずはない、と、誰もが首を傾《かし》げたり、胸をムカムカさせたりした。

銀八が得意満面で踊りを終える。拍手もなく、皆一様にホッとした顔つきだ。

「ようやく終わったか」と安堵《あんど》の溜《た》め息《いき》をついた者までいた。

銀八の芸の拙《つたな》さに心配顔になる商人もいる。

「長い船旅で具合を悪くしてしもうたのやなぁ。可哀相《かわいそう》に」

そうとでも考えなければ、この下手《へた》くそさが理解できない。

「この銭でお医者に診てもろうたらええ」

銭まで握らされる始末だ。吝嗇《りんしょく》無比《むひ》で知られた大坂の商人衆にすら、

（恵んだらなあかん）

と思わせてしまうのだから、なるほど銀八の芸は、ある意味ではたいしたものなのかも知れなかった。

宴席は見事にしらけきった。その空気を変えようというのか、豪商の一人が作り笑顔で喋《しゃべ》り始めた。

「そろそろ惣蔵出《そうくらだ》しの季節どすなぁ。大坂の町は、これからが一年でいちばん忙しゅうなります」

日本中から、この秋に取れた産物が送られてきて、大坂の市場で値がつけられ、日本中に送り出されていく。先物取引の制度がすでにあったため、ありとあらゆる商品が大坂の商人の手で、いったん決済を受けねばならなかったのだ。

そのようにして集められた荷は船に乗せられて、日本一の消費都市である江戸へ運ばれていく。

「わしら廻船問屋にとっては、毎日が気の張りつめ通し。身の細る思いですわ」

萬字屋の主人が言った。そう言うわりには胴回りがよく肥えている。デッチリと座った尻もまた大きい。顎《あご》の下にも肉がタプタプとついていた。

卯之吉はニンマリと萬字屋に笑顔を向けた。

「あなた様の持ち船ですけどね。安治川の湊で見せてもらいましたよ。湊の船乗りさんたちの間でも、たいそうな評判になっていましたねぇ」

「高砂丸のことでっか。さすがは三国屋さんの若旦さんでんなぁ。お目が高い」

萬字屋は満面でホクホクと笑みながら、目だけはギラギラと光らせて卯之吉を見つめた。

「並の廻船は千石積みでっけどな、高砂丸なら優に千二百石の米俵を積むことが叶《かな》いますのや。一時に運ぶ荷が多ければ多いほど、荷賃を安ぅさせていただけるっちゅう話でございましてな」

「ほうほう」

「大きな船は嵐にも強い。ちょっとやそっとの波では覆《くつがえ》ることもございません」

「なるほどなるほど」

「逆に、風の弱い日にも強い。帆を大きく張ることが叶いますから、船足も当然に速《はよ》ぅなりますのや。米俵の廻送をご用命くださるならば、風よりも速く、江戸にお届けにあがりますで」

――どうです。三国屋さんの年貢米を、ウチで商わさせていただけんでしょうか——と続けるつもりだったのであろうが、別の商人が横から口を突っ込んできた。

「あんだけの大きな船ともなれば、扱いが面倒になること必定《ひつじょう》や。狭い岩礁《がんしょう》をすり抜けきれずに難破しますやろなぁ。預かった大事な荷は海の底や。わしやったら、あないに大きな船、よう造りはしまへんなぁ」

皮肉な口調でそう言ったのは、こちらも廻船問屋九店の安芸島屋、その主人であった。

瘦身で顎の骨が四角く張っている。丸くて分厚い眼鏡《めがね》を掛けている。目玉が大きく拡大されて見えた。

面白《おもしろ》い人相だけれども、性格は気難しそうである。

「何事も、ほどほどが大事ですのや。長く商ってゆくのなら尚のこと。廻船問屋は信用第一ですよって、常識はずれの大きな船に店の命運を賭《か》けるような真似は、この安芸島屋はいたしまへんなぁ」

萬字屋は「フンッ」と鼻を鳴らしてそっぽを向いた。

「大船が良いか悪いか、座敷で論じ合っていてもしゃあない。今年の新綿番船で白黒はっきり決着がつきますやろ。新綿番船の後でも、そないな大口《おおぐち》叩いていられたら、よろしいでっけどなぁ」

安芸島屋も負けてはいない。

「新綿番船の決着さえつけば、三国屋さんの若旦はんも、安芸島屋の堅実な商いにこそ信用がおけるとご納得いただけますやろ」

どうやらこの二店は、自他ともに認める商売敵《がたき》であるようだ。そしてどちらも三国屋の米俵を扱っての大儲けを企《たくら》んでいるらしい。

座敷が険悪な空気に包まれたが、卯之吉はニコニコしている。こんな時に場を取り持つのが幇間の役目なのだが、銀八は大坂の商人の迫力に怯《おび》えてしまって、ヨイショの言葉も出てこない。

その時──、座敷の外の廊下で、嗄《しやが》れた大声がした。

「御免《ごめん》くださいやし。沖船頭の友蔵でがす」

丹田《たんでん》に力の入った声音《こわね》が座敷中に響いた。潮風の中で大声を張り上げる船乗りに特有の声だった。

「ああ、友蔵かい。お入りよ」

萬字屋の主人が言った。

「へぇい」

五十歳ほどの、よく日焼けした男が襖を開けて顔を出した。

「旦那さんがた、お揃いのところ、潮臭《しおくさ》いなりで御免蒙《こうむ》りやす」

口調と態度は丁重《ていちょう》だったが、ジロリと目を剝《む》いて旦那衆を順に睨《ね》め回す顔つきはなかなかに不遜《ふそん》だ。

豪商たちは友蔵の無礼を咎《とが》めるどころか、逆にご機嫌でも取るかのような愛想笑いを浮かべている。豪商たちにも気を使わせるほどの大物船頭であるらしかった。

「よう来てくれた。こっちぃ来てお座り」

萬字屋が手招きをする。友蔵は座敷に入ってきて卯之吉の正面に座った。萬字屋が得意満面の様子で、卯之吉に向かって紹介した。

「高砂丸を任せております沖船頭でございますのや」

卯之吉は目を丸くさせた。

「あの大きな船を操っていなさるお人かね。安治川の湊で見せてもらったよ。あんなに立派な船はお江戸にもありはしない。長崎《ながさき》でも見たことがないねぇ。あたしは驚いてしまったよ」

「恐れ入りやす」

褒《ほ》められると、かえって面白くない——という頑固者なのか、友蔵は不機嫌とも思える顔つきで低頭した。一方、萬字屋の上機嫌な紹介は続く。

「こちらは江戸の三国屋さんの若旦さんだよ。西国の公領の年貢米に、ぎょうさん札を差していなさる商人さんや。可愛がってもらいなさいよ」

札差は自分の店で扱う米俵に屋号が書かれた札を差す。だから札差と呼ばれている。

友蔵は顔をしかめている。だが別段に機嫌が悪いわけでもなさそうだ。これが常の物腰なのに違いない。

「友蔵でがす。どうぞご昵懇《じっこん》に願いやす」

卯之吉に向かって頭を下げた。

「いやあ、あたしみたいな放蕩者に、ご丁寧《ていねい》な挨拶は無用ですよ」

卯之吉は例によって薄笑いを浮かべながら謙遜《けんそん》した。続いて一転、前のめりになって、好奇心丸出しの顔を友蔵に近づけさせた。

「あたしも一度でいいから、あんな船に乗ってみたいものだねぇ」

友蔵の代わりに萬字屋の主人が答える。

「どうぞどうぞ。ご存分にご検分くださいませ。手前の船では船倉の床に二重の簀子《すのこ》を引き、横波をかぶっても船底が水に浸からぬ工夫をいたしまして――」

萬字屋の自慢が延々と続く。卯之吉は笑顔で耳を傾けながら盃も傾けた。ついでに友蔵を招き寄せて盃を持たせて酌までしてやった。

三

強い風が吹いている。艫《とも》に掲げられた幟《のぼり》がバタバタと煩《うるさ》くはためいている。その幟には『高砂丸』と大きく墨書《ぼくしょ》されていた。

萬字屋自慢の大船が安治川河口に停泊している。帆柱は横倒しにして車立《しゃたつ》に載せてあった。舵は上げられ、代わりに錨《いかり》を水中に下ろしていた。

数日後に迫った新綿番船の勝負に向けて、船を休ませている恰好《かっこう》だ。

あまりにも大きな船は、船底がつかえて湊に入ることができないので、沖に停泊する。これを〝沖がかり〟という。

高砂丸の高く聳《そび》える舳先からは、大坂の湊が一望にできた。

「安治川の川上、安治川南四丁目に、臨時の切手場《きってば》が拵《こしら》えられやす。あっしらはそこで切手をお預かりして船に戻りやす。そっから競争が始まってるんでごぜぇやす」

沖船頭の友蔵が安治川の川岸を指差しながら説明した。

安治川は天然の河川だが、水路が真っ直ぐになるように地割《じわり》（河川改修）をされている。川の両脇には、荷揚げ場と蔵が作られていた。

見上げれば、今にも雨の降りだしそうな暗い空だ。湊の商人たちは急いで荷を蔵の中にしまい込もうとしている。

強い風まで吹きつけてきた。しかし卯之吉はツルッとした笑顔だ。殻《から》を剝いたゆで玉子に目鼻を描いたような顔つきで笑っている。

「切手ってのは、なんなんですかねぇ」

「新綿番船の証《あかし》となる手形のことでござんすよ。大坂で受け取った切手を、浦賀の船番所までお運びする。これで確かに大坂を出た番船だって、証し立てができるんで」

浦賀は相模国《さがみのくに》三浦《みうら》半島にある湊だ。江戸内海（江戸湾）の入り口を見張る番所が置かれている。競争の船が全速力で江戸湊に突っ込んで行くと、他の船との衝突事故を起こしてしまうので、浦賀を終着点に定めたのだ。

波が砕けて潮の泡が船上にまで吹き上がってきた。

友蔵は卯之吉の着物を心配する。

「そのお召し物ぁ絹《もな》ですかい。潮に濡れるとひどく傷みやすぜ。若旦那のような洒落者《しゃれもん》は、傷んだ着物なんか二度と着られやしねぇでしょう」

「そうだねぇ。それじゃあ着替えるとするかね」

卯之吉は銀八を手招きした。

「例の上着を出しておくれ」

「へいへい」

銀八は携《たずさ》えてきた風呂敷包みを広げて、包んであった法被《はっぴ》を差し出した。

卯之吉は受け取って身体《からだ》の前にかざした。沖船頭の友蔵に見せびらかした。

「これならどうですかね。潮に濡れても平気でしょう」

すると――、途端に友蔵の顔色が変わった。

「若旦那ッ、なんだってあんさんは、そんな物を持っていなさるんでッ？」

「なにかご不審かね。それなら手に取ってよくご覧よ」

法被を差し出す。友蔵はひったくるようにして手に取り、まじまじと見て、眉《まゆ》根《ね》をますますきつく顰《しか》めさせた。

「これは逸見屋さんが仕立てなすった厚司《アッシ》ですぜ……！　逸見屋の若旦那さんの持ち物だ。なんだってあんたがこれを……」

「それは厚司って言うのかね」

「へい。厚司の木の皮を剝《は》いで作った糸で織られてるんで、そう呼びやす」

正確にはアットゥシであり、アイヌ語だ。厚司は和人《わじん》の訛伝《かでん》である。

「なるほど木の皮か。どうりで丈夫だし、脂を含んで水を弾くと思ったよ」

「あっしが以前に世話ンなっていた逸見屋の、仙三郎《せんざぶろう》さんの持ち物だ。見間違えるわけがねぇ！　なんだってあんたがこれを持っていなさるんだ。わけを教えておくんなせえ」

卯之吉は困ったような笑みを浮かべた。

「落ち着いて、よぅく聞いておくれよ。話は込み入ってるんだ。その法被、じゃなかった厚司は、お江戸の芝の永井町にある長屋に置き忘れてあった物だ。その長屋に住んでいたお人こそが、おそらく仙三郎さんなんだろう。でも、お江戸では直次さんと名乗っていたけどね」

「ああ……、こぼんさん。実の名も隠していなすったなんて」

「なんだって実の名を隠さなくちゃならないはめに陥《おち》ったのか、そのわけも知りたいけれど、話を続けるよ。その長屋のすぐ近くの空き地で、忠助さんっていう水主《かこ》さんが殺された」

「なんですって！　忠助が殺された？」

「忠助さんのことも御存じでしたかね」

「逸見屋で雇われていた船乗りですぜ。……ま、まさか、こぼんさんが忠助を殺《や》っちまったんじゃあ……」

「いいや。忠助さんを手に掛けたのは木菟ノ菊次郎っていう渡世人だ。この木菟さんも、別の誰かに殺されちまったんだけどね」

「なにがなんだか、さっぱり話がわかりやせんぜ。いったいお江戸じゃあ何が起こってるんで？」

「お奉行所のお役人様だって、何が起こって、こうなったのか、わかっちゃいないんだよ。あたしに聞かれたってわかるもんかね」

自分が江戸町奉行所の同心だということを忘れているようだ。

「忠助さんは殺され、忠助さんを殺した木菟さんも殺され、直次と名乗っていた仙三郎さんは姿を消した。その法被と包丁だけを残してね。木菟さんを殺したのは腕の立つ剣術使いだってことだけ、わかってる。仙三郎さんは、剣術がお得意だったかね？」

「とんでもねぇ。大坂の商人の家に生まれた子が、剣の稽古なんかするもんですかい」

「そうだろうね。ふぅん……」

卯之吉は考え込んでいる。友蔵は質《ただ》した。

「忠助は、どこで何をしていやがったんで？」

「ええとね、廻船問屋の常滑屋さんってところの、江戸の出店で雇われて、沖船頭をやってたらしいね」

「常滑屋さんに雇われてた……」

「御存じ？」

「大坂廻船問屋十三店《みせ》の一つですぜ」

「それはなに？」

「大坂の廻船問屋は〝九店〟が仕切っておりやす。砂糖や薬種などの大事な品目は九店でしか扱えねぇって定めがござんして。もちろん綿も同じでがす。この九店に次ぐ格式が〝十三店〟なんでございますよ」

風はますます激しくなってきた。細かな潮の泡が吹きつけてくる。友蔵は目を細くさせた。その瞼《まぶた》の奥で目が光っている。

「常滑屋さんは、九店にのし上がろうとして、陰であれこれと画策してるっていう……嫌な噂の絶えねえ店なんでござんすよ」

「ふうん……。で、そろそろいいかねぇ？　仙三郎さんの店は、どういうわけがあって潰れてしまったのかね。お上の調べたところによれば、仙三郎さんは帳《ちょう》外《はず》れ（戸籍抹消の刑）にされていたようだけれど。逸見屋さんってのは、そんな仕置きを受けなくちゃならないほどに酷《ひど》い下手《へた》を打っちまったのかねぇ？」

友蔵は「うっ」と絶句した。それきり口を開こうとはしない。

卯之吉はその顔色を読んだ。

「まぁいいさ。話したくないこともおありだろう。それにあたしが詮議することじゃあないからね」

後ろで聞いていた銀八は（いや、これは若旦那が詮議することでげす）と思ったのだけれど、今の卯之吉は三国屋の若旦那——ということになっている。同心として問い詰めることはできないのだろう、と考えた。

もちろん卯之吉は怠惰《たいだ》だから詮議をする気がないのである。役儀に対する責任感もない。

「厚司の法被はあんたに渡しておくよ。仙三郎さんに会うことがあったら返しといておくれ。それじゃあ次は船倉を見せていただこうかねぇ。米俵を濡らさない仕掛けをしたんだって、萬字屋さんが自慢していたっけねぇ」

「へい。それじゃあこっちへおいでなせぇ」

友蔵は背中を丸めて胴ノ間（荷を積む場所）に下りた。その姿はなにやら、十歳も急に老け込んでしまったかのようだった。


船倉に下りた卯之吉と入れ違いになるようにして一艘の船が安治川の湊に入ってきた。

卯之吉たちが江戸から乗ってきた千石船よりも小型の船だ。胴が細い。速度を出すことを第一に造船されている。この船種は小早船《こばやぶね》と呼ばれていた。

その船上には常滑屋儀兵衛の姿があった。

常滑屋は憎々しげに高砂丸を睨《にら》みつけている。

「こないな大船を造りよってからに……」

常滑屋を乗せて江戸から航海して来た小早船は、昨日、強風除《よ》けのために紀伊《きいの》国《くに》の周参見《すさみ》湊にいっとき避難した。紀伊国の船乗りたちも高砂丸の話題で持ちきりであった。

萬字屋の高砂丸と沖船頭の友蔵。船大工の権兵衛の名は、持ち上げられる一方だ。

当然ながら常滑屋儀兵衛の気分は悪い。このままではますます萬字屋との差をつけられる。常滑屋が廻船問屋九店に食い込むことが難しくなる。

常滑屋は「フンッ」と鼻を鳴らした。

「なんの、このままにしてはおくものか」

自らを鼓舞《こぶ》するように嘯《うそぶ》いた。

「萬字屋の高砂丸に衆目が集まっとるんは、かえって好都合いうもんや。日本国じゅうが見守るド真ん中で大恥かかせて、萬字屋の信用を潰したるわい」

常滑屋の船は高砂丸の脇を抜けて安治川の湊へ入っていく。このとき卯之吉は高砂丸の船倉にいた。二人はついに顔を合わせることはなかった。

四

二日後の朝。

安治川の河口、水尾木《みおぎ》の灯明台《とうみようだい》沖に、九隻の弁才船《べんざいせん》が勢ぞろいした。大坂廻船問屋九店が所有する船だ。

弁才船はこの時代の海運の主力を担う貨物船である。江戸の初期には五百石積み（一石の重量は百五十キログラム）程度であったのが、やがて千石積み（千石船）となり、ついには千二百石積みの船まで建造されるようになった。

新綿番船は、大坂の廻船問屋の威信と信用がかかった大勝負だ。それぞれの店が所有する船の中でも最も足の速いものが集められ、もっとも腕の立つ沖船頭と水主たちに託される。

このとき安治川沖に集まっていたのは、日本国の船運番付上位九隻の船だったのである。

蔵から出荷された新綿が小舟に積まれて沖へと運ばれて行く。それを湊の男衆が、弁才船に運び入れる。

難波の海は内海だけれど、波が立たないわけではない。大きく揺れる小舟を足場に舷側《げんそく》の高い弁才船に荷を移すのだから大変に危険だ。毎年、何人もの男たちが、船と船との間に挟まれ、あるいは荒海に落下するなどして死んだ。命知らずの男たちにしか務まらぬ仕事であった。

荷の積み込みをはじめとして、ありとあらゆる港湾作業は、昨年の新綿番船の順位に従って行われる。昨年の一位がいちばん最初に荷を積み終えて出港準備を終える。昨年の最下位がいちばん最後まで待たされる。

新綿番船の勝利者は、一年の間、湊での優遇措置を受け続ける。廻船問屋が目の色を変える理由のひとつがそれであった。

昨年の一位は萬字屋の船であったようだ。蔵町を出た小舟が高砂丸を目指して殺到してきた。それぞれの舟には出荷された新綿が積まれていた。

弁才船の舷側の一部は、荷を積む際に外せるようになっていたが、それでもやはり高砂丸は巨大であった。そびえ立つ舷側を越えて荷を積む作業は難航した。

卯之吉は、威勢よく働く男たちの姿を屋倉板《やぐらいた》（船室の屋根。楫取りや操帆《そうはん》などの作業をするための場所）から見下ろしている。

筋骨隆々《きんこつりゅうりゅう》たる男たちの近くに寄ろうものなら、撥《は》ね飛ばされたり踏みつけられたりして、下手をすると死んでしまう。卯之吉のような男は〝高みの見物〟を決め込んでくれていることが、本人にとっても周囲にとってもいちばん良い。

綿は叺《かます》に入れられて運び込まれた。叺とは莨蓙《ござ》を二つ折りにして縫い合わせ、袋状にした物だ。中に物を詰めてから口も縫い合わせて、荒縄で縛る。

綿が入って大きな座布団みたいになった叺を、船倉や胴ノ間に積み上げていくわけだが、船頭の友蔵はさらにもうひと工夫をする様子だ。

「叺を開けて、綿は樽《たる》に詰め直せ」

水主たちに命じている。

卯之吉は不思議そうな顔をした。横に立つ友蔵に質した。

「なんだって樽に詰め替えるんですかね？」

樽は酒や油、醬油《しょうゆ》などの液体や、味噌などの流動体を運ぶために使う。

「ご覧なせぇ」

友蔵は空を指差した。黒い雲が流れている。

「空模様がどうにもはっきりしねぇ。あっしの見たところ、どうやら野分《のわき》（台風、あるいは強い低気圧）が近づいておりやすぜ」

「天気が荒れると、お見立てなのかね」

「そういうことでさぁ。樽は、叺に比べりゃあ、ずいぶんと重たい。だけれど、大雨や波から荷を守ってくれやす」

叺や俵は中まで水が染みてしまう。

「大雨や嵐が来やがったなら、船は湊に逃げ込んで雨が降り止むのを気長に待ちやす。無理はしねぇのが船乗りの鉄則でさぁね。だけれども新綿番船だけは話が別だ。あっしは嵐ン中でも突き進むつもりでおりやす」

「なるほどね。そのための樽の用意なんだね」

「樽に詰めると綿は息ができない(空気が通らない)んで傷むと言う御方も多いですがね、そりゃあ何日も樽に詰めこんだ時の話だ。綿が傷むより先に、あっしは江戸の湊に走り込みますぜ」

そもそも〝初物〟というものは、なんであれ、真っ先に江戸に送り届けられたことに価値がある。初鰹《はつがつお》よりも戻り鰹のほうが美味《おい》しいのと同じで、初物だから質が高いというわけでもない。

「この船がよその船より大きく拵えられているのも、樽を積み込むためと、嵐の大波を乗り越えるためだ。まぁ、見ていておくんなせぇよ。きっと一着で浦賀に届けてみせまさぁ」

「嵐の中を突き進むなんて面白そうだねぇ」

卯之吉は子供のように興奮している。

「あたしも乗せてもらいたいたいねぇ。だけれども寸刻を争っての競争だ。あたしが乗ったんじゃ、重くて邪魔になるだろうねぇ」

「何を仰《おっしゃ》いますかね。憚《はばか》りながら高砂丸は日《ひ》ノ本《もと》一の大船でござんす。若旦那さんを乗せたぐらいじゃあ、船足が遅れることたぁねぇですぜ」

「乗せてくれるのかね！」

沖船頭の友蔵としても、三国屋と昵懇《じっこん》になって、三国屋の荷を任せてもらいたい、そして大儲けをしたい、という思惑はある。

「お客人の一人や二人ぐれぇ、どうってこともねぇでがす」

「二人でもいいのかね！」

卯之吉は横に控えていた銀八を見た。

銀八は「えっ」と言ったきり絶句して、早くも船に酔ったみたいに顔を真っ青にさせた。


新綿番船の出港前夜には、廻船問屋九店の主と沖船頭たちを集めて、お茶屋で宴会が開かれる。これを出帆盃《しゅっぱんさかずき》という。

新町のお茶屋に廻船問屋行司《ぎょうじ》や九店の主人が入っていく。新町の通りは野次《やじ》馬《うま》たちが集まって、押すな押すなの大賑わいだ。

新町遊廓の男衆たちが押し戻すのにおおわらわである。

そこへ、羽織の裾をはためかせながら、険しい面相の男たちがのし歩いてきた。潮焼けした黒い顔と引き締まった体軀《たいく》は艶冶《えんや》な遊里に似合わない。ふやけきった空気を一掃し、ピリッとその場を引き締めさせる厳しさを、総身《そうみ》と顔から発散させていた。

「沖船頭はんのご到着やで！」

「新綿番船の沖船頭！」

「頼むでぇ、友蔵はん！　あんたの高砂丸に身代《しんだい》全部、賭けたんや！」

野次馬たちは新綿番船の勝敗に銭を賭けてもいる。当然、応援には熱が入った。

「友蔵ッ、負けやがれっ。お前が負ければワシの賭け金は三倍になるんや！」

どこの勝負でも、強すぎる者に対しては「負けろ」の野次が飛ぶ。

下手な賭け事師は、一攫千金《いっかくせんきん》の大番狂わせを期待する。常勝の友蔵に賭けて勝っても、賭け金の一割程度の儲けにしかならない。一方、逆に張って勝利すれば、賭け金の何倍もの大金を手にすることができるのだ。

「友蔵負けろ〜。沈んじまえッ」

下劣《げれつ》な野次が次々と飛ぶ。友蔵は軽蔑《けいべつ》しきった眼差しを投げつけて、それからおもむろに茶屋の長押《なげし》をくぐった。

出帆盃には三郷惣年寄や町年寄たちが立会人として参加した。上座に神棚を仕立て、神前で籤《くじ》が引かれて、明日の新綿番船の諸事手続きの順番が定められた。沖船頭たちには盃が授けられる。さらには船乗りたちの全員に、真紅の着物と法被とが贈られた。

新酒番船の競争では、一位の船にだけ祝儀として赤い法被が贈られたが、新綿番船では出帆前に全員に贈られる。

座敷に船頭が横一列に並んでいる。上座には廻船問屋九店の主と町年寄たちが座していた。

惣町年寄が代表して訓辞を述べる。

「新綿番船は廻船問屋さんだけの競争やない。あんたら沖船頭の面目のための競争でもない。この大坂の商人すべての信用がかかった大勝負や。皆、いっそうに励んでおくれ」

沖船頭たちが平伏した。

そのあと『沖では不正は一切しない』という証文に神棚の前で署名する。海の男たちは信仰心が篤《あつ》い。神罰を恐れるので、神前の誓いは有効だ。沖船頭の全員で証文を書き上げて、柏手《かしわで》を打った。

それから後は宴会である。宴席には大坂の商人だけではなく、綿の産地の西国の庄屋や、大坂と縁の深い出羽、陸奥、蝦夷《えぞ》の商人たちも同席していた。皆、廻船問屋の勝敗に関心を寄せている。荷を速く誠実に運ぶことのできる廻船問屋を目利きできなければ、自身の商売に障《さわ》りが出るからだ。

江戸の商人の代表として三国屋徳右衛門も臨席していた。酒にも料理にもほとんど手をつけていない。隣の商人に勧められると、

「舌に美味い物の味を憶《おぼ》えさせると、舌が美味い物を欲しがります。舌を甘やかさないことが、銭を残す秘訣でございましてな」

などと言って断った。当然に、皆、呆れた。

「三国屋さん」

萬字屋の主人が銚釐《ちろり》を手にしてやってきた。徳右衛門の前に両膝を揃える。

「新綿番船で、手前どもの船が勝った暁《あかつき》には、いかがでしょうか、三国屋さんが商う年貢米を、手前どもにお任せいただくわけには……」

「お待ちなはれ！」

負けじとばかりに安芸島屋の主人もやってくる。

「新綿番船で勝つのは、手前ども安芸島屋の翔鶴丸でございます。なにとぞ、安

芸島屋にご用命くださいますよう、お頼み申しあげます」

分厚い老眼鏡の奥で拡大された目が爛々《らんらん》と光っている。商機を逃すまいと必死だ。肩ごしに下座に顔を向けると、

「富五郎《とみごろう》、来なさい」

と命じた。沖船頭の一人がやってくる。五十歳ほどの不敵な面《つら》つきの男だ。赤銅色《しゃくどういろ》に焼けた肌から一目で老練な船乗りだと知れた。

船乗りは正座して低頭した。

「沖船頭の富五郎でございやす」

三国屋徳右衛門の隣には堂島米会所の年行司（一年交代で会所を采配する商人）が座っていた。横から首を伸ばしてくる。

「大坂の……いいや、日ノ本の船頭の双璧《そうへき》が、この富五郎と、萬字屋さんの友蔵や。言うなれば龍虎《りゅうこ》ってやつでんなぁ」

米会所年行司とすれば褒めたつもりであったろう。だが、富五郎は憎体《にくてい》の顔つきで抗弁した。

「行司様のお言葉ではございまっけど、友蔵なんぞと同列に扱われたんでは、手前の面目が丸潰れでございます」

「これ！」

安芸島屋が窘《たしな》める。それから急いで愛想笑いを徳右衛門と米会所年行司に向けた。

「腕に覚えの船頭ほど、気位《きぐらい》も高いものでございましてな。なにとぞ、ご勘弁を願わしゅう」

年行司は鷹揚《おうよう》に受ける。

「それぐらいの向こう意気がなくっては、荒海を乗り越えることはできんやろ。頼もしいことや」

この場を取り繕《つくろ》おうとしたのだが、収まりがつかなかったのは萬字屋の主人だった。

「やい富五郎。うちの友蔵と同列ではない、いう物言いは、お前のほうが格下やと認めたァ、いうことかい」

安芸島屋の眼鏡の奥で巨大な目が怒った。

「なんやとう、もういっぺん言うてみなはれ！」

宴席の全員がこちらを見ている。場が騒然としてきた。

下座からは高砂丸の友蔵が睨みつけてくる。翔鶴丸の富五郎も睨み返す。

「まぁまぁ」

年行司が間に入った。

「ここで言い争わんでも、勝ち負けは、すぐにはっきりつくんやから」

安芸島屋と萬字屋は不承不承《ふしょうぶしょう》、自分の席に戻った。

廻船問屋行司が立ち上がる。

「競い合いは大変結構やけれど、乗方《のりかた》の不法（違法航行）は許されまへんで。沖で船と船とがぶつかったなんてぇ話になったなら、大坂廻船問屋全体の恥さらしや。沖船頭の衆、きっと心しておくれなさいよ」

船頭たちは、表向きには恐縮したふうを装って「へいっ」と平伏した。

店と店、船頭と船頭の戦いはすでに始まっている。

徳右衛門は笑みを浮かべて座っている。しかしこの笑みは地顔だ。腹の中でなにを考えているのか、察することができる者は、この座敷にはいなかった。

五

大坂の町にも至る所に悪所があった。一膳飯屋と安旅籠、賭場と私娼窟《ししょうくつ》が建ち並んでいる。大坂には多くの商人や、船乗り、馬借《ばしゃく》たちがやってくる。男が集まれば、酒と賭博と女はつきものなのだ。

悪所を仕切る博徒の子分が、四つ角に立って大声を張り上げていた。

「萬字屋の高砂丸は一割二分や！　安芸島屋の翔鶴丸が一割五分！　紅屋の天通丸なら三倍やで！　さぁ、買《こ》ぅてゆけぇ！」

賭け事好きたちが歩み寄っては札を買い求めていく。ヤクザ者のドンブリ（腹巻状の銭入れ）は膨《ふく》らむ一方だ。普段は強面のヤクザでさえ、思わず笑み崩れてしまうほどに景気がよかった。

この大坂だけではない。江戸でも同じように賭けが行われ、賭け事好きが目の色を変えているはずだ。一年に一度の、しかも不正なしの大勝負である。色めき立つのは当然だった。

しかもである。この季節の大坂は、初物の出荷で一番の賑わいを見せ、大金の飛び交う大商いが続いている。大坂にとってはこの季節こそが〝新年の始まり〟であり〝春の到来〟なのだ。先陣を切って江戸へ向かって出帆する新綿番船が注目を浴びるのは、当然の話であった。

日が暮れて、軒行灯《のきあんどん》や提灯《ちょうちん》に火が入れられた。狭い路地を酒臭い男たちが行き交っている。客を呼び止めようとする女たちも、艶《なま》かしい声を競わせていた。

悪所の薄汚い路地を一人の若侍が彷徨《さまよ》っている。酔っぱらいたちにぶつかりそうになり、嫌そうな顔で慌てて避け、籬《まがき》から伸びてきた女の手に袖を摑まれそうになり、もっと嫌そうな顔をして避けた。

遊び慣れない若侍のようにも見えるが、実は美鈴である。卯之吉の姿が見えなくなったことを案じて、探しに来たのだ。

悪所の路地はますます暗くなってきた。足元はぬかるんでいる。大坂は低湿地帯に作られた町だ。どぶが詰まると、たちまち汚水が逆流してあふれ返る。

美鈴は一膳飯屋の軒を見上げた。

「いくら旦那様でも……、こんな所には来るはずがないか」

卯之吉は一流の見世にしか登楼しない。だが遊びを知らない美鈴には、そんなことまではわからない。

明日には高砂丸が出帆する。卯之吉はそれに乗り込むという約束だ。それなのに〝朝帰り〟では困る。

「まったくもう。世話を焼かせる人だ」

ともあれ湊に戻ろうと考えて、踵《きびす》を返しかけたその時であった。

「愚か者め！　これでも喰《く》らえッ」

どこかで聞き覚えのある声がした。大きいだけではなく張りのある声だ。やたらと響く。

「えっ……？」

美鈴は耳を疑った。

（今のは、源之丞さんの声では？）

そう思った直後、目の前の板塀《いたべい》がバリバリと破れて、ヤクザ者らしき男が転がり出てきた。投げ飛ばされたか張り倒されたかしたらしい。板塀を突き破って倒れて、美鈴の足元でのびてしまった。

「なんじゃあワレッ」

「しばいたろかッ！」

複数の男が罵声《ばせい》をあげている。乱闘の気配が伝わってくる。

そして「ギャッ」「ぐわっ」と悲鳴が上がって、すぐに静かになった。

美鈴は破れた塀の穴から顔を覗《のぞ》かせた。向こう側の路地に源之丞が仁王立ちしていた。

「フンッ。たわいもない。もう仕舞いか」

鼻息を噴き上げて得意満面だ。その背後から棍棒《こんぼう》を構えたヤクザ者が近づいてくる。

「危ない！」

美鈴が注意する前に源之丞は、足音からそれと覚っていたらしい。サッと身を避《よ》け様《ざま》、相手の腕を取り、ひねって投げた。ヤクザ者は頭から近くのあばら家に突っ込んだ。物の壊れる音と、あばら家の住人の悲鳴が一緒に聞こえた。

美鈴は急いで駆け寄った。源之丞がサッと身構える。そして、

「なんだ？」

と、呆れた顔つきとなった。

「なにゆえお前がここにおる」

「それはこちらの申しようです。なにゆえ源之丞様がここにおられるのです」

どうして大坂にいるのか——と訊《たず》ねたのだが、別の問いとして受け取ったらしい。

「喉が乾いてならぬので出てきたのだ。船倉に閉じ込められてばかりでは窮屈《きゅうくつ》でかなわぬ」

源之丞は身分柄、仕方がないのだが、他人に理解してもらえるように喋る、ということをしない。突然に船倉などと言われても、美鈴にはわからない。

美鈴は問い返そうとした。そこへ、次から次へとヤクザ者が駆けつけてきた。仲間をやられていきり立っている。

「この餓鬼《がき》ゃあ、どこの組の用心棒やッ」

「いてこましたれッ」

「面白い！　受けて立とうではないか！」

源之丞は両肌《もろはだ》脱ぎとなって、太い両腕と厚い胸板を見せつけた。

「暴れ足りないと思っておったところよ！　トワーッ」

いきなり格闘が始まる。美鈴の目の前をヤクザ者が吹っ飛ばされていく。止めに入ることもかなわず、オロオロと見守るより他にない。


「なにやら騒々しいな」

遠くから喧嘩騒ぎが聞こえてくる。常滑屋儀兵衛は立ち上がると、座敷の窓を閉めた。

その座敷には行灯が一つ置かれているだけであった。当然に暗い。

闇の中に一人の若い男が、黙然《もくねん》と正座していた。

伏せ気味の顔色は暗い。ただでさえ照明が暗いうえに絶望と怒りが張りついている。上目づかいの目だけを怪しく光らせていた。

芝の永井町から姿を消した〝直次〟、本名は逸見屋仙三郎である。

常滑屋儀兵衛は仙三郎の前に座った。一見、慈悲深そうな笑みを浮かべて仙三郎の顔を覗きこんだ。

「明日はいよいよ新綿番船の出帆や。大坂の町中が高砂丸と友蔵の話で、もちきりやったなぁ」

仙三郎がキッと鋭い目を向けた。殺気を籠《こ》めて常滑屋を睨む。

「常滑屋さん、わいは――」

「なにも言わんでええがな。あんさんの憤《いきどお》りは、よぅわかっとる。このわしかて、今のままでは腹の虫が治まらんのや」

常滑屋は両手を伸ばして仙三郎の両肩に置いた。祖父が孫に対するような目つきで撫《な》でさする。

「悔しいやろうなぁ？　元はといえば友蔵は、あんたのおとっつぁんのお店《たな》の奉公人や。おとっつぁんが目をかけて船頭に育ててやったんやないか。それを友蔵

め は、恩知らずにも裏切りおった！」

仙三郎が、ギリギリと歯を食いしばる。膝の上で握り締めた拳《こぶし》が怒りで震える。

常滑屋は仙三郎をいたわしげに見つめつつ、

「悲しいわなぁ。悔しいわなぁ。わかるでぇあんたのお気持ちは」

などと囁《ささや》き続けた。湊の方角に目を向けて、

「高砂丸かて、あんたのおとっつぁんが、船大工の権兵衛に指図して造らせた物《もん》や。あんたのおとっつぁんの工夫が凝らされとるんや。それを友蔵めは、手前の手柄みたいな顔をしくさって、乗り回しとるんや！」

仙三郎は今度は忍び泣きを始めた。悔し涙が溢《あふ》れて止まらない。

常滑屋は仙三郎の両肩をきつく摑んで揺さぶった。

「泣いとる場合やないでッ。おとっつぁんの怨《うら》みを晴らす好機到来や！　思う存分に意趣を返して、友蔵に大恥をかかせて、最期には海の底に沈めたるんや！」

仙三郎は顔を上げた。常滑屋の腕を取って握り返した。

「わいは何をしたらええんやッ。常滑屋さん、教えとくんなはれ！」

常滑屋は不気味な笑みを浮かべながら、仙三郎の顔を覗き込んできた。

「わしは、殺された忠助から聞かされましたんや」

「な、なにを……」

「高砂丸の友蔵に一泡《ひとあわ》ふかせる秘策や。あんたが忠助を誘って、やろうとしておったことや」

仙三郎の顔にサッと血が上った。

「忠助のやつ、そんな大事なことを、あんたに漏らした、いうんかッ！」

「わしは忠助の今の雇い主。しかもあんたのおとっつぁんとは友垣《ともがき》やったからな。忠助とすれば、わししか相談できる者がおらんかったのやな」

常滑屋の目はますます妖しく光っている。

「忠助は忠義の一心でしたことや。あんたに、これ以上の罪は背負って欲しくない……。真っ当に生きて欲しい、いう……。忠助も悩んだ挙げ句に、わしにすべてを白状して、『こぼんさんを止めて欲しい』て、頼んできたのや」

「忠助めッ、余計なお世話や！　常滑屋さん、あんたもわいに説教は無用やッ」

「説教なんて、とんでもない」

常滑屋は親身に仙三郎を思いやっている――という表情を浮かべた。

「わしは、あんたの秘策を応援しようと思うておるんやで。苦労してあんたを見つけ出して、こうして話をしているのも、そのためや」

「旦那さん、わいに手を貸してくれるんか……？」

「わしと手ぇを結んで逸見屋さんの仇《かたき》を討つ気になったんやな」

「もちろんや！　言うまでもないことやッ。手ぇを貸しておくんなさいッ」

「あんさんの手を借りたいのはこっちや。教えてもらいたいのはこっちや」

悼《いた》ましそうな表情を浮かべていた常滑屋が、次第に狡猾《こうかつ》そうな目つきに変わっていく。だが、仙三郎はその変化に気づかない。

「常滑屋さん、何を知りたいんや！　なんでも教えたるわッ」

常滑屋は鋭い目で仙三郎を見据えた。

「わしが知りたいのは、友蔵が〝沖乗り〟をする航路や」

江戸時代の船舶の航法は、陸地を横目にしつつ、湊を飛び石のように伝って進む〝地乗り〟と、外洋を航海する〝沖乗り〟とに分けられる。

「船足を稼ごう思えば、どうしたって沖乗りを選ぶしかない。友蔵も沖乗りで江戸を目指すはずや。せやけど沖乗りは難しい。天候、季節ごとの風向き、潮の流れを知り尽くしておる者にしかできん。友蔵はそれを難なくこなす。その腕でもって大坂一の船頭の名を恣《ほしいまま》にしてきたんや」

常滑屋は仙三郎の目をじっと見つめた。

「沖乗りの航路を見つけ出したのは、あんたのおとっつぁんやったなぁ？」

「そうや。わいのおとっつぁんは沖乗りの名人やった」

「ほんまにおとっつぁんは名人やったなぁ。友蔵はおとっつぁんの下で楫取をしておったんや。おとっつぁんから船頭の技を盗み取りおった！　友蔵は、おとっつぁんの名声を横取りしたんやでッ」

常滑屋儀兵衛は顔をグイッと仙三郎に近づけた。

「あんたは、おとっつぁんから沖乗りの航路を教えられとるはずやッ。友蔵がおとっつぁんから盗み取って、ひた隠しにしとる沖乗りの航路をな！」

「常滑屋さん、あんたは何を言うていなさるんや」

「沖乗りの航路で高砂丸を待ち受けて、友蔵を海に叩き落としてくれるのやッ。おとっつぁんが友蔵にやられた事と同じ事をやり返したるんやでッ。新綿番船の真っ最中に友蔵の船を難破させ、友蔵と萬字屋の面目を潰したるんやッ。笑い物にしたるんや！」

「常滑屋さんッ」

仙三郎は身を乗り出した。

「やるッ。わいはやるでぇッ」

「そうや！　やるんやッ。おとっつぁんの怨みを存分に晴らしなはれッ。わしが船を出して、あんさんを手助けするよってになッ」

「常滑屋さん、おおきに！　あんたはほんまにわいの恩人や！」

二人は手をきつく握りあった。

第五章　海路二百里、前途多難

一

いよいよ新綿番船、出帆《しゅっぱん》の日となった。

その日は朝から風が強く、空には雨雲が渦巻いていた。

屋倉板《やぐらいた》に立った沖船頭の友蔵は、腹心の楫取《かじとり》と肩を並べて空を見上げた。

二人とも下賜《かし》された赤い法被《はっぴ》を着けている。水主《かこ》たちは、新入りの炊《かしき》（水主見習い）までもが赤い着物を着ていた。

高砂丸から伝馬船《てんません》が下ろされた。伝馬船にも帆が張られる。

「お頭《かしら》さん（船頭）、支度ができましたでぇ」

伝馬船から親仁《おやじ》が大声で報《しら》せて寄越した。

友蔵は「おーう」と間延《まの》びした返事をした。それからも楫取と一緒に雨雲を見上げて、なにやらブツブツと相談し合っている。

続いて舳先《へさき》に立った若衆が、水面《みなも》の彼方《かなた》を指差して叫んだ。

「廻船問屋行司の見立船が来はりました！」

廻船問屋の立会人が行司役を務める。弁才船《べんざいせん》の出発を見守るために漕ぎ寄せてきたのだ。いよいよ番船（レース）開始の刻限が近づいた。

海上の伝馬船から親仁の大声が聞こえてくる。

「お頭さんッ、よそさんの伝馬船は、みんな切手場に向かってますぜ」

「勝手に行かしとけぇ」

友蔵は何事か楫取と意見を摺《す》り合わせて頷《うなず》きあってから、開ノ口《かいくち》へと向かった。開ノ口とは船の舷側《げんそく》に取りつけられた扉のことだ。船乗りたちはそこから縄ばしごで乗り降りする。

他の弁才船から出された伝馬船は、安治川の南四丁目に作られた切手場に向かって、競い合いながら漕いでいく。その光景を卯之吉が笑みを浮かべて見守っている。

「ずいぶんと遅れてしまったねぇ」

楫取に声をかけると、楫取は首を横に振った。

「これでえのでがす。今朝の出帆は、見送りでがす」

それから水主たちに命じた。

「胴ノ間に屋根ぇかけやい！　錨《いかり》はありったけ、川底まで、下ろしとけやぁ」

胴ノ間には荷が積まれてある。そこに架設《かせつ》の苫屋根《とまやね》をかける。雨除《よ》けだ。

錨は錨捌《いかりさばき》（錨の投げ抜きの責任者）の指図で、船首、船尾ともにすべてが川底まで下ろされた。船全体に加重《かじゅう》がかかって揺れが収まった。

「三国屋の若旦さん！」

垣立《かきたつ》の下で友蔵の声がする。卯之吉が身を乗り出すと、伝馬船の上で友蔵が手を振っていた。

「若旦那さんも、切手場まで行ってみるかね」

「乗せてもらってもいいのかねえ」

「かまわねぇですよ。どうせ、急ぐ話でもねぇ」

卯之吉はいそいそと縄ばしごを伝って伝馬船に下り立った。開ノ口から銀八がこっちを見下ろしている。

「お前も来るかえ？」

「やめとくでげす。小舟は揺れがいっそう激しそうでげすから」

「それなら顔を引っ込めなさいよ。その恰好《かっこう》でこっちに向かって吐かれでもしたら困る」

卯之吉と友蔵を乗せた伝馬船は、親仁の操帆《そうはん》で安治川に向かう。銀八は伝馬船を小舟と言ったが、その全長は三間（五・四メートル）近くある。卯之吉が普段使っている猪牙舟《ちょきぶね》の倍以上の大きさだ。

卯之吉は振り返って高砂丸を見た。

高砂丸は艫《とも》に赤い幟《のぼり》（鯉《こい》のぼりの吹き流し）を二本立てている。高砂丸だけではなく、新綿番船のすべてで赤い幟が靡《なび》いていた。

それぞれの船体の横には、大きな絵を描いた板が取り付けられていた。富士山や朝日などが描かれている。

「派手だねぇ。水主さんたちもみんなお地蔵さんみたいじゃないか」

地蔵には赤い頭巾《ずきん》や涎《よだれ》掛《か》けがつけられる。それに似ていると卯之吉は思ったのだ。

友蔵は困ったような顔をした。

「あっしらだって、好んでこんな小ッ恥《こっぱ》ずかしい恰好をしてるわけじゃねぇんです。こいつは衝突避《よ》けなんで」

水主の赤い着物や船尾の幟、船体左右の飾り絵は、その船が新綿番船であることを示すための目印だ。競争が行われる今日も、大坂と江戸の間には何十隻もの船が行き交い、あるいは無数の漁船が漁に励んでいる。全速力で突っ走る番船が衝突を避けるためには、相手に早く気づいてもらって、退《ど》いてもらうしかないのだ――という説明を友蔵はした。

伝馬船にも真っ赤な幟と旗とが立てられている。安治川河口には多くの小舟が浮かんでいたが、幟に気づいて航路を譲った。

余所の舟に乗った者たちからすれば、新綿番船の水主たちは男の中の男、船乗りの中の船乗りである。

そうこうするうちに伝馬船は安治川の水路に入った。安治川河岸は見物人でごったがえしていて、応援の声や野次が次々とかかった。

水路の交通整理のための小舟も浮かべられている。脇の水路から船が出てきて妨害しないように見張っているのだ。これらの小舟にも『廻船差配九店』と黒字で書かれた赤い旗が立てられてあった。

行司役を乗せた船も赤い旗を立てている。真っ赤な船の集まった先に、赤い大提灯《ちょうちん》を掲げ、赤い幔幕《まんまく》を張り巡らせた一角が見えた。

大提灯には『切手場』と書かれてある。そこで切手が差し出されるようだ。

近在の寺の鐘がゴーンと打ち鳴らされた。大坂にも寺は多い。四方八方から時ノ鐘の音が響いてきた。

続いて切手場で、チョーンと拍子木を打つ音がした。

「始まったな」

友蔵が言う。

番船の船頭たちが切手場に走り寄る。それぞれの雇い主である廻船問屋の主《あるじ》たちから切手の入った箱を受け取るやいなや、それぞれの伝馬船（その停船場所は昨日の籤《くじ》で決められている）に駆け戻った。

伝馬船はすでに帆を上げている。風をいっぱいに受けていた。水中に下ろされた錨の縄が一直線に伸びきっていた。

切手を預かった者が伝馬船に飛び乗るやいなや錨が抜かれた。それぞれの伝馬船は矢のように走りだした。

「おっと、退いてやれ。『萬字屋が水路を塞《ふさ》いで邪魔をした』なんてぇ文句をつけられてもつまらねぇ」

友蔵の指図で親仁が舵を切って、伝馬船を川の端へ寄せた。波を蹴立《けた》てて伝馬船が次々と下ってくる。沖で待つ主船に戻るのだ。

卯之吉は薄ら笑いを浮かべつつ友蔵に訊《たず》ねた。

「いいんですかね。ずいぶんと後れを取ったようですよ」

友蔵はニヤリと笑った。

「急ぐばかりが〝早く着く秘訣〟ってわけでもねぇですよ」

そんな中、〝安芸島屋〟の旗を掲げた伝馬船が、帆も上げずにゆったりと、川の流れに身を任せるようにして下ってきた。

その船には安芸島屋の沖船頭、富五郎の姿があった。不敵に笑みを含みつつ友蔵に目を向けている。友蔵も見つめ返す。目と目で火花を散らしながら、二艘の伝馬船は行き過ぎた。

「野郎もゆったりとしていやがる」

友蔵は一転、つまらなそうな顔つきとなって鼻を鳴らした。

卯之吉を乗せたまま伝馬船は切手場の前に着いた。友蔵が、

「どうれ、切手を頂戴《ちょうだい》してこようか」

そう言って舷側を跨《また》いで船を降りた。切手場に向かう。

切手場では、先ほどまで、廻船問屋九店の主たちが横一列になって座っていたらしい。横に長く毛氈《もうせん》が敷かれてある。いまや座っているのは萬字屋の主人のひとりだけだ。

友蔵は主人の前で蹲踞《そんきょ》して、差し出された切手を恭《うやうや》しく頭上に戴《いただ》いて受けた。二言《ふたこと》、三言《みこと》、言葉を交わして、また、悠然《ゆうぜん》と戻ってきた。親仁に命じる。

「ゆっくりやれ。今ごろ安治川沖は、よそさんの番船が水押《みよし》で立てた大波が、寄せては返しているはずだ。そんなもんに巻き込まれてもつまらねぇ」

安芸島屋の富五郎と同じように、ゆるゆると河口に向かう。

安治川の河口には瑞賢山《ずいけんやま》という小山があって〝目印山《めじるしやま》〟と呼ばれていた（天《てん》保山《ぼうざん》はまだない）。

瑞賢山の前を過ぎると、安治川の両脇に建ち並んでいた蔵が途絶えて、目の前に、難波の海が広がった。

卯之吉は「わぁ」と歓声を上げた。

弁才船が一斉に、南に向かって突き進んでいく。大きな本帆《ほんぼ》ばかりか、船首の弥帆《やほ》や船尾の艫帆《ともほ》、さらには搭載した伝馬船の帆までをも高く掲げていた。

大坂自慢の——つまりは日本一の大船が、何艘も波をかき分けながら進んでいくのだ。

船体が作った大波が打ち寄せてくる。荷を満載した船が作る航跡波《こうせきは》はすさまじい。安治川河口に造られた護岸の石垣を乗り越えて、蔵前の広場を水浸しにした。

内海に浮かんだ小舟が煽《あお》られて、激しく上下に揺れている。なるほど、こんな大波のただ中に伝馬船で突っ込んで行けるものではない。

「波が鎮《しず》まるまで待て」

友蔵は親仁に命じた。卯之吉は彼方を見て「おや」と声を上げた。

「あそこでもう一隻、船が波を避けていなさる」

「安芸島屋の伝馬船ですな」

七隻の番船は遠ざかり、沖に停泊しているのは萬字屋の高砂丸と、安芸島屋の翔鶴丸だけになった。

友蔵と富五郎の伝馬船はゆるゆると本船に戻った。伝馬船は車立《しやたつ》を介した綱を使って引き上げられる。綱は艫にある轆轤《ろくろ》を回すことで引かれる。

船を合羽《カッパ》（前部甲板）に据える作業をしていると、強い雨が、風に乗って叩きつけてきた。

「とうとう来よったで。野分風《のわき》や」

楫取が顔にかかった雨粒を拭いながら言う。親仁は、

「大事な荷ィを濡らしたらあかん。やいッ、よぅく屋根をかけとくんや!」

水主たちに大声で命じた。

二

嵐になった。卯之吉は客人なので挟間《はさみのま》(沖船頭の部屋。船長室)にいる。屋根がわりの屋倉板を、雨粒が激しく叩いていた。

船行灯《あんどん》が吊るされて、床に広げられた地図を照らしている。

「今は強い南風でがす。しかし、半日もすれば風向きは西風に変わりやす」

友蔵が言った。低気圧が日本の南岸を移動するからだ。

江戸時代の人々は、気象の理屈は理解していないけれども、経験で次に何が起こるのかを知っている。それが年の功というものだ。

友蔵と楫取は、空模様を眺めて、強い低気圧の接近を予知したのだ。

「さっき出て行った番船は、今頃は紀伊沖で向かい風に吹き返されていることでしょうな」

「なるほどね」と卯之吉は納得した。

「だから出帆を見合わせたんだね。しかし大変だ。向かい風では進むこともできないね」

「お言葉ですが、向かい風でも弁才船は風を間切って進むことができやす」

「それじゃあ、よそのお店の船に、先に進まれちまうんじゃないのかね」

「〝間切り〟では、横波を喰らいながら進まなくちゃならねぇ。胴ノ間に容赦《ようしゃ》なく波が打ち込んできやがるんで。まぁ、見ていておくんなせぇよ。すぐに追い越してみせまさぁ」

挟間の戸が外から開けられた。楫取が顔を出した。笠から雨水を滴らせている。

「風向きが変わりやした。それと、安芸島屋の翔鶴丸が錨を抜きましたで」

「よし。それじゃあ、こっちもそろそろ行こうかい」

友蔵が腰を上げて戸口に向かう。卯之吉も笠を手に取って続いた。

荷を積んだ胴ノ間には、蛇腹垣《じゃばらがき》という波除け（フェンス）が立てられてある。さらには苫屋根がかぶせられ、雨水を垣立の外に流すようにしてあった。

屋倉板に上ると横殴りの雨が吹きつけてきた。

「厚司《あつし》の法被でも着けなくちゃ、どうにもならないねぇ」

そう言いながら卯之吉は笑っている。そこには銀八の姿もあった。蓑笠《みのがさ》を着けてはいるが濡《ぬ》れ鼠《ねずみ》だ。

「若旦那、今回ばっかりは、あんまりでげすよ！」

銀八の背後の海を、安芸島屋の翔鶴丸が進んでいく。

「身縄ァ引けィ！　抜錨《ばつびょう》！」

親仁が大声で指図した。帆桁《ほげた》に繋《つな》がる身縄が引かれる。帆柱の先端には蝉車《せみ》と いう滑車が吊るされている。帆桁が上がって白い帆布が風をはらんだ。高砂丸の巨体がグラリと揺れた。親仁が叫んだ。

「〝片開き〟や！　左舷の手縄を引けィ！」

帆桁の両端から伸びる手縄を、左は引き締め、右は緩《ゆる》める。すると帆が斜めに傾いた。船が横へ押し流されて行く。この状態を〝横滑り〟という。

水主たちが舵柄《かじづか》を押さえ込んで当て舵を切ると、横滑りは収まって、船は前へ進み始めた。

すでに錨は抜かれ、船上に引き上げられている。高砂丸は紀伊国と淡路島の海峡、友ヶ島水道《ともがしますいどう》を目指して南下していった。

た。


「高砂丸が動き出しおった」

木津川沖に停泊していた小早船《こばやぶね》の上で、常滑屋儀兵衛がニヤリと笑みを浮かべ
目に当てていた遠眼鏡を縮めると、横に立っていた沖船頭に渡す。

「これはあんたへの餞《はなむけ》や」

受け取った船頭の仙三郎――江戸では直次と名乗っていた男は無言で頷いた。

常滑屋儀兵衛は、

「高砂丸を追うんや。ただし、後を尾《つ》けてると気づかれんようにな」

と命じた。

「ようやく出立《しゅったつ》か」

眠そうな目を擦《こす》りつつ、船倉から源之丞が上がってきた。

「船というものは、なかなかに良いな。実に良い心地《ここち》で眠れたぞ。揺《ゆ》り籠《かご》に乗せられておるかのようだ」

などと銀八が聞いたら目を丸くしそうなことを言った。

雨は強く叩きつけてくる。空は暗く、雨雲が渦を巻いていた。

「おっと、ここにおってはずぶ濡れになる。わしは下にいる。用があったら呼べ」

ぬけぬけと言い放つと船倉へと通じる梯子《はしご》を下りていった。

雨の中、越前谷渓山が険しい面相で立っている。

「偉そうに抜かしおる。いけ好かぬ男だ」

源之丞が下りた戸口に目を向けて、憎々しげに吐き捨てた。

源之丞は実際に偉い身分の若君なのだが、常滑屋たちは、そうは思っていない。遊里の悪太郎《あくたろう》たちと肩を組んで飲み歩く若君など、いないからだ。

常滑屋は鼻先で笑った。

「用が済んだら使い捨てや。どうせ間もなく死ぬお人や。堪《こら》えなされ」

渓山は常滑屋を睨《にら》みつけた。

「このわしのことも、同じように考えておるのではなかろうな」

渓山の他にも、常滑屋が雇った浪人剣客たちが六人ばかり、この船には乗っている。仕事が終わった後でも浪人たちを大事に扱う常滑屋だとは思い難い。

常滑屋は渓山には何も言わず、仙三郎に顔を向けた。

「ほしたら、首尾良い報せを待っておりまっせ。存分に、おとっつぁんの仇《かたき》を討ちなはれや」

常滑屋儀兵衛は伝馬船に乗り移って、大坂の湊へと戻っていった。ここから先は仙三郎が沖船頭として指揮を執《と》る。

「出帆や」

帆が上げられて船が進みだした。荷を積んでいない〝空船《からぶね》〟で、しかも戦国時代には軍船としても使われていた小早船だ。その名のとおりに速度が出る。新綿を積んで重くなった弁才船を追跡することなど、わけもない。

高砂丸は順調に南下を続けた。友ヶ島水道を抜けて紀伊水道に入った。

この一帯は潮の流れが速い。鳴門海峡《なるとかいきよう》などは、あまりにも海流が強すぎて海面が渦《うず》を巻いているほどだ。

友蔵たちは、瀬戸内海から紀伊水道へと、潮位差《ちようい さ》がつく刻限を見計らって進んだ。高砂丸は逆巻《さかま》く波に押されるようにして突き進んだ。

「風向きが変わったな。真艫《まとも》の風だ」

友蔵は空を見上げている。日和見《ひよりみ》（天気の予測）が当たって、真後ろからの風が吹いてきたのだ。

「真帆《まほ》に張れ！　両方綱を締めろ！」

斜めに張られていた帆桁の角度を真横（船体と直角）に直す。追い風をいっぱいに受けて航行する。

両方綱は帆の弛《たる》みを調節するための綱だ。真帆では帆を締めたほうが効率よく風の力を推力に変換することができる。

「弥帆と艫帆も上げろ。伝馬の帆もだ」

内海などで使う小型の帆が船首と船尾についている。友蔵はそれらの帆を上げさせ、さらには伝馬船の帆も上げさせた。

大小四枚の帆に風を受けて、ますます船の速度が上る。

「これはすごいねぇ」

勇壮な光景に卯之吉は大喜びだ。

「目も開けていられないよ」

水押が波を乗り越えるたびに飛沫《しぶき》が上る。船はすさまじい速さで進んでいる。飛沫は勢いよく降りかかってくる。顔に当たれば痛いほどだ。

親仁が水主たちに指図をしながら卯之吉の横を通った。得意気な顔を向けてきた。

「江戸の若旦はん、これで驚いてたらあきまへんで。この船は日本一の船大工の権兵衛が、新趣の工夫を凝《こ》らした船でんねん」

「まだなにかあるのかね」

屋倉板の上で友蔵が叫んでいる。

「脇帆を上げろ！」

親仁は「へぇい」と答えて、次には水主たちに向かって怒鳴った。

「脇帆柱を立てるんや！」

舷側に横倒しになっていた柱が立てられた。甲板《かんぱん》から伸びる軸受けに差し込まれ、縄で固定された。

この柱にも帆桁が上げられる。細長い帆が本帆の両脇に出現した。合計六枚の帆が風を受けた。

「これはすごいねぇ。こんな船は見たことがない」

「そうでっしゃろな。本朝初《ほんちようはつ》や」

「初物の船で初物の綿を運ぶのかね。おめでたいことだねぇ」

卯之吉は無邪気に喜び、親仁は得意げな笑顔を見せた。

高砂丸は進み続ける。雨は降ったり止んだりを繰り返している。晴れ間が覗《のぞ》く気配はない。空が暗くなってきた。日暮れにはまだ時間があるはずだが、雨雲が厚いので暗くなるのが早い。

「舳先と艫に、大提灯を吊るせ」

親仁の指図で提灯が用意された。この提灯は大海原を照らすための物ではない。衝突防止のために掲げられる。

田辺《たなべ》湊《みなと》の沖を過ぎるころ、先行していたはずの新綿番船が見えてきた。嵐の前に出帆した七隻の内の一隻だ。向こうも大提灯を掲げている。高波の向こうで明かりが見え隠れしていた。

「あちら様も帆をたくさん張ってるねぇ」

卯之吉が遠望しながら言った。

親仁は嘲笑《ちようしよう》している。

「なんの。あっちゅう間に追い越せますがな」

「どうしてだね」

「あっちは今日の午前中、向かい風の中を間切って進んで、横波をたっぷりくらってましたんや。船倉に淦《あか》の溜まった、水船《みずぶね》になっとるはずでんねん」

船内に流れ込んできて、船底に溜まった水を淦、あるいは船淦《ふなあか》と呼ぶ。当然に凄まじい重量物となってしまう。

「あっちの船の水主たちは、安治川沖を出た時からずっと淦汲みに追われとったんや。疲れ切ってしもうて、帆も舵も、よう操れまへんで」

親仁の言うとおり、その船は操船が緩慢《かんまん》で、かつ、船足が鈍って見えた。高砂丸は悠々《ゆうゆう》と抜き去っていく。これで半日の遅れは取り戻せた。

「先に出た七隻は、最初から眼中にありまへんのや。わいらが気にかけとるんは、安芸島屋の翔鶴丸だけでんな」

翔鶴丸の富五郎は、友蔵と同様に天候の推移を読み切っていた。老練な船乗りだ。

その翔鶴丸は今、どこの海上を航海しているのか。卯之吉は周囲を見渡してみたけれど、船影も、提灯の火も、まったく見えはしなかった。

三

「友蔵は追い風に乗って南を目指して、黒潮《くろしお》に乗ろうとするはずや」

常滑屋の小早船。仙三郎が屋倉板の上に立ってそう言った。その横には舵柄《かじづか》があり、常滑屋に雇われた水主たちが取りついている。

常滑屋の小早船は、帆にいっぱいの風を受けて走っている。元々が中型船で弁才船より速度が出る。風は強く、上げ潮に乗り、飛ぶように早く進んだ。

海面から強風が吹き上がってくると、上向きの帆に持ち上げられて、船体が海面から飛び上がっているのではないか——と感じられる瞬間すらあった。

日中なら爽快かも知れないが、日は暮れて何もかもが真っ暗だ。しかし仙三郎は帆を緩めて速度を落とすことを許さない。

「そろそろ有田《ありた》の沖を抜ける頃合いや。明かりが見えんか」

紀伊国の有田の湊を抜ければ、紀伊水道も終了である。その南には広漠《こうばく》たる外海《そとうみ》（太平洋）が広がっている。

船乗りたちは目を左舷《さげん》方向（東）に向けたが、灯台の火も、町の明かりも、見えはしなかった。濃密な雨が光を遮っている。空全体が墨のように黒い。

地乗りの船ならば、ここから舵を左に切って、紀伊半島に沿うようにして航海する。しかもこの嵐だ。いつでも逃げ込むことのできるよう、湊の明かりを探すであろう。

しかし仙三郎はまっすぐ南へ進路を取るように指図した。帆がバタバタと鳴っている。帆から伸びた何本もの縄が強風の中で不気味な風切り音を立てていた。

年嵩《としかさ》の水主が引き攣《つ》った表情で食ってかかってきた。顔に雨粒を受け、顎《あご》の先から水を滴らせている。

「こない南風の強い日に、南に向けて舵を切るアホウがどこにおるんじゃい！」

仙三郎も言い返す。

「友蔵の高砂丸は南に向かっとるんやで！　黒潮に乗って一気に東へ走る気なんや。わいらがここで地乗りなんぞしとったら、突き放されてしまうんや！」

「ワレぁ、この船を黒潮ン乗せる気か！」

「そうや」

黒潮は西から東へと流れている。海流に乗れば、それだけ速く進むことができる。

しかしこれは危険な賭《か》けだ。船乗りたちは皆、その危険性を知っていた。

「黒潮を、さらに南に乗り越えてしもうたら〝潮の戻り〟に巻き込まれて、二度と陸《おか》に戻れんようになるぞッ」

黒潮の南には反転潮流があり、紀伊半島と土佐国《とさのくに》の沖で巨大な渦を作り出している。その渦に巻き込まれてしまうと、小早船のような中型船では、脱出することが難しい。

そもそも海流に乗ること自体が危険なのだ。伊豆沖での離脱に失敗すると、蝦《え》夷地《ぞち》の千島列島《ちしまれっとう》にまで流されてしまう。ここで千島にたどり着くことにも失敗したら、次の漂着地はメキシコ国だ（当時の北米大陸の西海岸はメキシコ領）。

「それでええんや。わしは、そう教わっとる」

「誰に教わったぁ、抜かしよるんじゃ！」

水主たちが集まってきた。口々に仙三郎を罵《のの》り始めた。

「わしら船乗りは、荒海に臆《おく》しはしねぇ。せやけど海を恐れなくなったらお終《しま》いや！　海を馬鹿にしくさったヤツから死んでいく。それが海の掟《おきて》やッ」

「おどれがやっとることたぁ勇ましさやない、無鉄砲いうヤツや」

「こんガキゃあ、わしらを海で殺す気か！」

仙三郎はまっすぐに睨み返した。

「な、なんや……」

その気迫と殺気に、気性の荒い船乗りたちも思わずタジタジとなる。仙三郎は氷のような冷たい目で皆を睨みつけながら告げた。

「わいは、常滑屋さんから船の楫取を託されとる。常滑屋さんは、わいを信じてくれたんや。わいの舵取が信じられん、いうことは、常滑屋さんの眼力（判断力）も信じられん、いうことや。この船は常滑屋さんの持ち船や。常滑屋さんが信じられへん、わいの指図にも従えん、言うのやったら、今すぐ船を下りてもらうで」

「なんやぁ！　ガキに舐《な》められてたまるか――」

息巻きかけた水主の顔つきが突然に強張《こわば》った。仙三郎の背後に、ヌウッと不気味な浪人が立ったからだ。

常滑屋に雇われた越前谷渓山である。刀は閂《かんぬき》差しにして、鞘《さや》を握った親指で鍔《つば》を押している。いつでも瞬時に抜刀できる体勢だ。

他にも目つきの険しい浪人たちが甲板に上がってきた。

水主たちは黙り込む。人斬り浪人たちが放つ殺気に怯《おび》えたのだ。

浪人の中に源之丞の姿もあった。ニヤニヤと笑みを浮かべながら成り行きを見守っている。

源之丞とすれば、この危険な航海も〝退屈極まる人生の暇《ひま》つぶし〟だし、水主たちとの喧嘩も望むところだ。（面白《おもしろ》くなってきた）と言わんばかりに笑っている。水主たちの目には、源之丞が〝いちばん得体の知れない人物〟として映っていたかもしれない。

仙三郎は水主たちの顔を順番に睨んだ。

「常滑屋さんはこの仕事が終わったら、皆にたんまり褒美《ほうび》を出すと言うていなさる。わいの指図で働いて、大金を手にするのか、それともここで死ぬか、どっちか選べや」

復讐の念に燃える仙三郎の目は火を吹きそうだ。ついに異を唱える者は出てこなかった。

「ほしたら行くで。高砂丸を追い越すんや」

常滑屋の小早船は風に乗って南へと進む。

急に、東へと流された。黒潮の流れに巻き込まれたのだ。

「潮に逆らおう、思うなや！　取り舵を切れッ。帆は片帆に開くんやッ」

仙三郎の指示が飛ぶ。舵柄に取りついた水主たちが、腰を入れて舵を切った。

船は船体を軋《きし》ませながらゆっくりと回頭し、舳先を東へ向けた。

空が明るくなり始めた。しかし、明るくなって見えてきたのは、ますます激しく荒れ狂う大波と黒雲であった。

屋倉板に立った友蔵は険しい顔で空を見上げている。その隣には楫取の姿もあった。

「お頭さん、こりゃあアカン。こないに時化《しけ》るたぁ思わなんだ」

二人の予想では、今日の朝には低気圧は紀伊半島を東へ抜けると見立てていた。もちろん〝低気圧〟などという理屈は理解していないが、長年の経験で、嵐の雲は、固まりとなって渦を巻いており、その固まりは西から東へ移動する、と知っていた。

低気圧が抜けたことによって発生する〝晴天下の強風〟に帆を受けて、一気に伊豆沖へと走るつもりであった。ところが嵐は紀伊半島沖に居すわっている。

楫取は首を傾《かし》げている。

「わしも長年船乗りをやっとるけどな、ここ数年の天候は、ようわからん」

江戸時代は異常気象に何度も祟《たた》られた。〝異常な異常気象〟の連続だ。衣替《ころもが》えの季節に雪が降ったことさえある。

前代未聞の異常気象の前では、船乗りたちの経験と知識も役には立たない。かくして未曾有《みぞう》の危機に直面させられることになる。

老練の船乗りは、いかなる荒海を前にしても取り乱すことはない。しかし不安を感じなくなったらお終いだ。楫取の顔には不安が張りついている。不安だからこそ、不安な事態を打破するために対処法を巡らせる。

友蔵にもうろたえた様子はない。

「乗り越えられぬ嵐などあるものか。いかなる大波でも乗り越えられるようにと工夫して、船大工の権兵衛に造らせたのがこの船だ」

ここ数年の悪天候への対処のひとつが、高砂丸なのである。

「とはいえ、南には流されぬように気をつけろ。〃たらし〃を投げて見張らせておけ」

友蔵は艫に掲げられた幟に目を向ける。幟は船尾から船首に向かって靡いている。真艫《まとも》の風（追い風）だ。

友蔵は親仁を呼び寄せた。

「風向きが変わらねぇうちに伊豆へ向かうぞ。午過《ひるす》ぎにはもっと荒れそうだ。炊《かしき》に飯を配らせろ。今のうちに鱈腹《たらふく》食わせておけ」

親仁は「へぇい」と返事をした。

水主の一人が楫取の指図を受けて、艫から海中に縄を投じた。この縄を〃たらし〃という。万が一、船が横滑りしていれば縄は斜めに流されていくわけで、舵を調節するための目安になるのだった。

分厚い雨雲のせいで太陽の位置はわからない。沖乗りでは陸地も見えない。たらしと船磁石《ふなじしゃく》（羅針盤《らしんばん》）だけを頼りとして高砂丸は進み続ける。

大きな波が来た。高砂丸は水押でドーンと乗り越える。船体が激しく上下に揺さぶられた。

その時、「ぐえーっ」とすさまじい声が合羽板（前部甲板）から聞こえてきた。

友蔵は珍しく顔に表情を出した。呆《あき》れたような、困ったような顔をした。

「また吐いてるのか、あの幇間《ほうかん》」

親仁も首を横に振る。

「あんな酔いやすい野郎を見たのは、初めてでんなぁ」

舷側から身を乗り出して吐き散らしていた銀八が、今度は合羽板の上にグッタリと伸びた。

友蔵は質《ただ》した。

「若旦那のほうは、どうなっとる」

「そっちはずいぶんと働き者でっせ。頼まれもせんのに夜が白むまで、舳先で見張りをしてくれましたんや。雲の切れ間から陸や星が見えるたびに報せてくれはりました」

「夜通しの見張りとは、ご苦労なことをしてくださる」

「只《ただ》乗りは義理が悪い、何かの役に立ちたい――いうお志ですやろ。お大尽《だいじん》のボンボンらしゅうもない律儀者《りちぎもん》や。三国屋さんも、エエ跡取りはんをお持ちになったもんや」

卯之吉は完全な夜型人間なので、夜中に起きていることを苦にしない。おまけに強烈な好奇心の持ち主だ。陸や星が見えただけで大騒ぎをした。

そうとは思わぬ船乗りたちは、一睡もせずに見張りを続ける卯之吉の働きぶりに感動すらしていた。

荒天下の夜間航海でいちばん恐ろしいのは陸地や岩礁《がんしょう》に衝突することである。卯之吉の〝働き〟がこの船に乗る者、全員の命を護《まも》ったのだ。

仲間と船を護るためならどんな苦労も厭《いと》わぬことが、船乗り仲間の尊敬を集める元だ。卯之吉は一晩にして船乗りたちの信頼を得た。本人にその気はなかったにせよ。

「三国屋さんの荷を扱わせてもらえるようになったら、どちら様の荷を差し置いても真っ先に運ばなあかん、と、皆、口を揃えて言うとりまっせ」

友蔵も「同感だな」と大きく頷いた。

正午過ぎになっても天気は回復の兆《きざ》しを見せない。高砂丸の苦難は続く。

「わしらは、嵐と一緒に東に向かっとるんや」

大雨と横波を頭から被《かぶ》り、全身ずぶ濡れとなった親仁が言った。

帆柱を伝って大水が流れ落ちてくる。

もしかすると、今ごろ大坂や紀伊水道は台風一過の晴天かもしれない。高砂丸は嵐に付き添っているような恰好《かっこう》だ。

「よその船は、どないなったんやろうな」

嵐を避けての大事をとるならば、紀伊南岸や伊勢《いせ》、志摩《しま》の湊に退避していることだろう。

船倉と胴ノ間には、新綿の詰まった樽が積まれている。その上に苫屋根が被せられ、雨水と波を船外に落とし流している。

それでも船底には淦が溜まる。水が溜まれば〝水船〟となる。船全体が重くなって操船が難しくなり、速度も落ちる。船が重くなればそのぶん船体は深く沈んで、ますます波を被りやすくなる。悪循環の始まりだ。対処にしくじれば水船は、沈没船になってしまう。

親仁は汲み出しの指揮を執るため船倉に下りた。雨雲のせいで甲板ですら薄暗い。船倉は恐怖を感じさせるほどに暗かった。

「これは面白い仕掛けだねぇ！」

梯子に足を掛けた途端に、素《す》っ頓狂《とんきよう》な、明るい声が響いてきた。

船底で若い水主たちが水の汲み出しをしているのだが、その人の輪の中に、あの若旦那の姿があった。

「ほらほら。こうしてやるといくらでも水を汲み上げることができるよ。面白いねぇ」

卯之吉が扱っているのは〝スッポン〟であった。手漕ぎのポンプである。夢中になって把手《とつて》を上下させ、船底に溜まった水を排水している。

親仁は歩み寄って声をかけた。

「スッポンがそんなに珍しいですかえ」

卯之吉は笑顔を向けてきた。笑顔に真っ白な歯が並んでいる。

「珍しいねぇ。それに面白い！　これは蘭学の仕掛けなんだろうね」

「紅毛人《こうもうじん》の船にあった仕掛けを、見様見まねで作った物らしいですぜ」

「あたしはねぇ、珍しい物と蘭学なら、なんでも好きさね」

卯之吉は夢中でスッポンを動かしては、高らかに笑い声をあげた。

若い水主たちもつられて笑顔になっている。

「若旦さんと一緒に働いていると、なんやらこの嵐まで、お祭りみたいに楽しくなってきましたで」

遭難でいちばん恐ろしいのは、じつは悪天候ではない。船乗りたちに絶望が蔓《まん》延《えん》することによる仕事の放棄だ。

真っ暗な船底で、滝のように流れ込んでくる水を汲み出すことに追われていれば、どんなに屈強な男でも心が萎《な》える。絶望感に苛《さいな》まれてしまう。そうやって船は統制を失っていく。

ところがここでは卯之吉が、まるで祭を楽しむかのように賑々《にぎにぎ》しく振る舞っている。水汲みを満身で楽しんでいる。水主たちにまでその高揚感が伝わった。

親仁は、

（この若旦さんは、ほんまにたいしたお人や）

と感動した。

「よっしゃ！　わいもやるでぇ。皆、若旦さんに負けるなよ！」

桶を摑《つか》んで水を汲み出していく。若い水主たちが威勢よく答えて、いっそう気を入れて働き始めた。

四

高砂丸は、その日の夕方には遠州灘《えんしゅうなだ》を越えて伊豆半島の西に達した。『灘』はサンズイに難と書いて、海の難所を示している(元々は砂漠を意味する漢字なのだが、日本には砂漠が存在しないので間違った理解をされた)。灘の字がつく海域では遭難が多い。東海の海は遠州灘や相模灘など、海の難所の連続だ。

嵐は勢いを緩めない。空には厚く雨雲が垂れ込めている。

この日もまた、日没の刻限より前に暗くなり始めた。

「ここからがウチの船頭の腕の見せ所なんで」

卯之吉にすっかり心を許した親仁が言った。

「伊豆の南の下田沖《しもだおき》をぐるっと廻って、伊豆七島《しちとう》の間を抜けて行きますのや。潮の流れが入り組んどる。北から吹き下ろす颪は、富士と箱根《はこね》の山颪《やまおろし》や。おまけに伊豆の天城山《あまぎさん》もある。風向きが恐ろしいほど変わりますのや」

「うっかりすると、すぐに難破してしまいそうだねぇ」

「そうでっせ。この辺りの海を、この風の中、帆を張り切って進むことができるのは、うちの船頭だけですのや」

友蔵は屋倉板の上に立ち、帆と舵柄を操る水主たちに細かい指示を出している。

潮と波の気配が変わった。四方八方から高い波が押し寄せてきた。

「陸地に当たった波が跳ね返ってきますのや。あれを見なはれ」

二方向から波が寄せて来た。と見るや、波と波とがぶつかった海面が、いきなり鋭角に盛り上がった。

「あれが三角波《さんかくなみ》や。あの波で船底から押し上げられてしもうたら、どんな大船でも逆《さか》しまに覆されてしまいますのや」

伊豆沖から相模にかけては波が高い。葛飾北斎《かつしかほくさい》が描いた大波は神奈川沖《かながわおき》の三角波であった。誇張でもなんでもなく、ああした波が発生するのだ。

友蔵と、船首に立った楫取が目を闇に凝らしている。

「あきまへんな……」

楫取が顔を手拭いで拭きながら言った。雨は激しく振りつけてくる。

「真っ暗な夜中に相模灘を抜けることになるなんてこたぁ、いっくらなんでも間《ま》が悪い話でっせ。これが新綿番船やなかったなら、下田湊に一泊するところなんでっけどなぁ」

それでも友蔵は、無理を承知でいちばんの難所を一気に走り抜けよう、という魂胆《こんたん》であるらしい。

「面白くなってきたねぇ」

卯之吉はツルッとした顔で笑っている。大金持ちの家に生まれたがゆえの〝怖いもの知らず〟なのだが、親仁は卯之吉の肝の太さに感心した。

「若旦さんは、ほんまにたいしたお人や」

いよいよもって感服しきった顔つきでそう言った。

同じ頃、常滑屋の小早船も、波に揉《も》まれながら相模灘へと進んできた。

小回りの利く船のほうが、波や風向きの急変には強い。

船という物体は、波に対して直角に舳先を向けているかぎり、どんな大波を喰らおうとも乗り越えることができる（北斎の絵は正しく操船を描いている）。転覆するのは横波や三角波を船体に受けた時なのだ。

　仙三郎は的確に指示を出して船を操り続けた。反発していた水主たちも指図に従って必死に働いている。風雨と波はますます激しくなってきた。反目《はんもく》などしていたら本当に船が沈んでしまう。まさに呉越同舟《ごえつどうしゅう》といったところで、不快感は一時わきに置いて一致団結するしか生き延びる道はない。

　小早船は闇の海を進んでいく。風雨は相変わらず強いが、波は少しだけ収まった。

「わしらは、大島《おおしま》と利島《としま》の間に入ったんや」

　仙三郎は、先ほど口論した年嵩《としかさ》の水主に告げた。

「大島の島影に入れば、風をしのぐことができる」

　仙三郎は闇の海に目を向けた。

「良く探せ」

「なにをや」

「高砂丸の提灯や。高砂丸も必ずここを通るはずなんや。この波風の中、無事に相模灘を抜けよう思うたら、ここに舵を取るしかないんや」

「馬鹿ぁ抜かせ。雨と波飛沫でこんだけ見通しが悪いんやで。提灯なんか見つかるもんやない」

「大海原でなら、とても見つけることは叶わんやろうな。せやけどここは大島と利島の間や。島と島との間を無事に抜けよう、思うたなら、この潮に乗るしかないんや。高砂丸はすぐ近くまでやってくる」

常滑屋儀兵衛が仙三郎を味方につけて、この航海を託したのは、まさにこの知識のあるがためなのだ。

大海原で船と船とを合流させることは不可能に近い。友蔵がいずこへ進路を取るのかわからないのであれば尚更だ。しかし仙三郎は、友蔵がここに来ることを確信していた。

仙三郎は、常滑屋から貰《もら》った遠眼鏡を目に当てた。

(わいのおとっつぁんが見つけた航路や。友蔵はわいのおとっつぁんから、何もかも盗んでゆきよったんや!)

ツケを払わせる時がきた。復仇《ふっきゅう》の時は来たのだ。

「見張るんやッ。見張りを増やせッ。必ず見つけ出すんやッ」

「そう言われてもやな……、島と島との間を抜ける潮は速いで。船をここに留めておくので精一杯や。見張りを立てる人数を増やすんは無理や」

仙三郎は「くそっ」と毒づいた。

「ここに忠助さえ、いてくれたなら……」

操船を任せることができたのだが。

いったい誰が忠助を殺してしまったのか。

忠助が操船してくれて、雨風がこれほど酷くなかったならば、容易に高砂丸を捕捉することができたであろう。

忠助の急死によって仙三郎の目論見《もくろみ》は危うく頓挫《とんざ》しかけている。

高砂丸は仙三郎が予想したとおりに、伊豆大島と利島の間の海峡部に進入しようとしていた。

辺りはますます暗くなり、大提灯に火が入れられて船首と船尾に下げられた。

伊豆の島影が、ほんのわずかな間だけ、低く垂れ込めた雲の切れ間から覗けた。友蔵はその一瞬の瞥見《べっけん》で船のある位置を確認した。

「ここで無理に舵を北に取ることはできない。天城颪を真横から喰らってしまう。その次に吹きつけてくるのは箱根颪の北風だ」

強い横風も真向かいからの風も、船にとっては難敵である。風下に流されたなら、そこに待ち構えているのは伊豆七島だ。砂浜に乗り上げればまだしもで、岩場に叩きつけられたなら、高砂丸のような巨船でも木《こ》っ端《ぱ》みじんとなる。

夜の闇で島影はまったく見えなくなった。友蔵は〝島にぶつかって戻ってくる波〟と、島によって作られる〝潮流の乱れ〟から、二つの島の場所を見極めていく。

舵が切られて舳先が大きく揺れた。大波が舷側の蛇腹垣を越えて押し寄せてくる。波を乗り越える高砂丸は、舳先を天に向けて反《そ》り返り、続いて海底を目指すかのように下向きとなった。波がドーンと打ち込んで来る。卯之吉は両腕を頭上に掲げ、手を叩いて大喜びした。

「なんてぇ勇ましさだろうねぇ！」

銀八は恐怖に圧倒され、頭を抱えてうずくまっている。

「勇ましいなんてもんじゃねぇでげす。本当に死んじまうでげすよ」

吐き気すらもどこかへ吹っ飛んでいる。

と、その時、合羽板に立った若い水主が、行く手を指差して大声をあげた。

「船が、こっちぃ来やす！」

船上が俄《にわ》かに騒然となった。親仁が自分の目で確かめるため前に走る。合羽板（前部甲板）と屋倉板（後部甲板）との間には帆柱がある。胴ノ間にかけた苫屋根もある。暗い中では前方が良く見えない。

親仁は間もなく戻ってきた。

「小早船や。波に揉まれて難儀しとるようやな」

友蔵は頷き返した。

「銅鑼《どら》を鳴らして報せろ」

高砂丸の接近に気づいていないかもしれない。

海では、小回りの利く小型の船に回避義務がある。とはいえそれは波の穏やかな海ならば、の話で、大波に揉まれて操船不能な小船に対しては、大船のほうが相手の事情を推《お》し量《はか》って対処をせねばならない。

銅鑼が持ち出されて打ち鳴らされた。嵐と波の轟音《ごうおん》にも負けぬ大きな音が暗い海原を伝わっていく。

合羽板から報告が飛ぶ。

「避けませーん。こっちぃ向かって来よりましたーッ」

友蔵と親仁は一瞬、顔を見合わせた。

親仁が雨粒まみれの顔をしかめる。

「どういうつもりやろ」

「船を繋ぎたいのかもしれぬ。縄を用意しておけ」

横で話を聞いていた卯之吉は、図々《ずうずう》しく質した。

「船を繋ぐって、なんなんですかね」

友蔵が答える。

「嵐では、船と船とを縄で繋いで沈没を防ぐんです。片ッ方《かたぽう》が沈みかけても、もう片ッ方が引っ張りあげる、いうことになるわけでしてな」

「なるほど」

謎の小早船は舳先の提灯を揺らしながら近づいてきた。

「助けを頼むーッ、縄ァ、投げてくれーッ」

小早船からの叫び声が聞こえてきた。

親仁が友蔵の顔つきを確かめる。

「どないします？」

新綿番船の競争中に難破船とかかわっていたら、よその船に後れを取ってしまいかねない。

友蔵の答えは簡潔だった。

「助けてやろう。海の仁義は、なによりも大事だ」

「さいでんな」

挟間《はさみのま》から知工《ちく》が上がってきた。知工は湊での会計を担当する者で、船乗りというよりはお店《たな》から派遣された手代に近い。

知工も事情を知って同意した。

「助けなあきまへんやろ。萬字屋の船がよそさんの船を見殺しにした――なんて噂《え》が立ったら、湊で除《の》け者にされてまう。そうしたら商売あがったりや」

いわゆる〝八分《はちぶ》〟にされてしまう。湊で働く男たちから相手にしてもらえなくなったなら、廻船問屋は仕事にならない。

友蔵とすれば、言われるまでもないことだ。

「大島の湊まで引っ張って行ってやるとしよう」

その小早船は、強風に流されてしまったように見えた。帆も舵も壊れてはいない。湊の近くまで送り届けてやれば、自らの帆走で湊に逃げ込むことができるであろうと思われた。

「横繫ぎにする。慎重に横につけろ」

小早船が高砂丸の横に着いた。小船（高砂丸と比較すれば）だけに、波に煽られて激しく上下を繰り返している。船体と船体のぶつかる音が不気味に轟《とどろ》いた。

高砂丸から縄が投げられる。小早船の水主たちが拾い上げてきつく引いた。

親仁が小早船の水主に向かって注意する。

「あまり近づけさすなや！　船と船とがぶつかって、船体が壊れてまうで」

その声が聞こえぬはずがない。互いの顔と顔とが見える距離だ。それなのに小早船の水主たちは、縄をたぐり寄せるのをやめない。

「なんや。変やぞ」

親仁が異常に気づいた。

小早船の水主たちの顔つきが尋常ではない。おまけに怪しげな浪人者まで乗り込んでいる。

小早船からも鉤縄《かぎなわ》が投げ込まれてきた。高砂丸の帆柱に絡みついた。

「海賊や！」

親仁が叫んだ。

小早船の船体が波によって押し上げられる。巨船と小早船の舷側には高低差があったのだが、軽い小早船のほうが水の力で勢い良く持ち上がる。舷側の高さが同じになったのを見計らって、浪人たちが高砂丸に飛び込んできた。

「襲撃やーッ」

親仁が叫ぶ。高砂丸の水主たちが向かっていくが、相手は武士。素手ではとうてい敵《かな》わない。水主の一人が斬られて倒れた。

「おやおや」

卯之吉が微笑《ほほえ》んでいる。否、驚いているのだが、笑っているように見える。

「なんだか大変なことになってきたねぇ。今の世の中、海賊なんてぇお人たちがいたのですかね」

海賊禁止令を出したのは豊臣秀吉《とよとみひでよし》で、それ以降、海賊は厳重な取り締まりを受けてきた。堅気《かたぎ》の船乗りや漁師として生きるように善導《ぜんどう》もされた。もしかしたら友蔵たちも、先祖は海賊だったのかもしれないわけだが——。

「海賊のお人たちと出くわすなんて。あたしもつくづく運が良いね」

「なにを喜んでるでげすか！」

銀八が、船酔い以上に真っ青な顔で卯之吉の袖を引いた。卯之吉は首を横に振る。

「喜んでなんかいないよ。怖がってるじゃないか」

「ともかく逃げるでげすよ！」

「どこへ？」

「それは……、ええと……」

どっちを見渡しても海だ。逃げ場などはない。

小早船から若い男が飛び乗ってきた。長脇差《ながわきざ》しを抜く。男の目と刀身が薄闇の中でギラギラと光った。

「友蔵ッ、おとっつぁんの仇だ！　ブッ殺してやるッ」

「おやおや」

卯之吉はやはり笑っているように見える。

「友蔵さんのお知り合いなんですかね」

「仲が良いようには見えねぇでげすよ」

銀八は身震いしながら成り行きを見守っている。

「船が、潮に流されてるぞッ」

艫のほうで水主が叫んだ。突然の騒動で帆と舵を操る水主たちが持ち場を離れた。そのせいで二隻の船は縄で繋がったまま、漂流を始めたのだ。

第六章　相模灘《さがみなだ》の戦い

一

　嵐の中、浪人たちが次々と高砂丸に乗り移ってきた。殺気立った目つきの凶《きょう》賊《ぞく》たちだ。腰の刀を抜き、ギラリと光る刃を翳《かざ》して威嚇《いかく》した。甲板《かんぱん》は激しく左右に揺れている。大きな横波を喰らって船全体が激しく傾いた。

　浪人たちが蹈鞴《たたら》を踏む。船の横揺れには慣れていない。

　それを見た水主《かこ》の一人が「野郎ッ」と叫んだ。手鉤《てかぎ》（棒の先端に鉤爪《かぎづめ》のついた道具）を構えて突っ込んでいく。船乗りは船の揺れに慣れている。浪人たちの足腰の定まらない姿を見て、勝てると思ったのに違いない。

「やめろっ」

友蔵が叫んだ。しかし血気に逸《はや》る者には通じない。若い水主は手鉤で浪人を殴り倒そうとした。

「馬鹿めッ」

浪人の一人――ひときわ冷酷な顔つきの男――が、鋭く踏み出して迎え撃った。越前谷渓山である。だが高砂丸に乗る人々は、当然にその名を知らない。

渓山の刀が一瞬だけ光った。

「ひいいっ」

殴り掛かったはずの水主が甲板に尻餅《しりもち》をついた。手にした手鉤は木製の柄《え》の部分を一刀両断にされていた。

水主は驚愕《きょうがく》し、怯《おび》えた顔を渓山に向ける。渓山は冷えきった目で見下ろした。

「武芸者を舐《な》めるものではない。我らの鍛え上げた足腰、この程度の揺れでおろそかになるものか」

続いてビュッと降り下ろした切っ先が水主の眉間《みけん》にピタリとつけられる。水主は悲鳴を上げた。

「殺す気ならば、いつでも殺せる。だが、今しばらくは命を預けておいてやる。

船を操る者が必要だからな」

「ご、ご勘弁……！」

水主は尻餅をついたまま、タジタジと後退した。それぞれ甲板の両端に分かれて立っている。

大雨に打たれる甲板で睨《にら》み合う浪人と水主たち。暗い空を稲妻が走った。一瞬、真昼のように明るく、船上を照らした。

突然、大きな笑い声がした。仙三郎が勝ち誇った様子で笑っている。憎々しげな目は友蔵に向けられていた。

「なんやぁッ友蔵！　船が流されとるやないかッ」

今の騒動で操船作業が放置されている。帆船は、舵《かじ》と帆とを常に調節し続けなければ、たちまちにして制御を失う。荒天下ならばなおさらだ。

「友蔵！　それでも逸見屋の沖船頭かッ。わいのおとっつぁんに育ててもらった船乗りなのかよッ」

友蔵は厳《いか》めしい——あるいは痛ましげな表情で仙三郎を見つめている。

「こぼんさん、こないな悪党と組んで、何をしていなさる」

すかさず仙三郎が言い返す。

「悪党はおどれのほうやないかッ！　やいっ友蔵ッ、今宵《こよい》が年貢の納《おさ》め時やッ。おとっつぁんの怨《うら》み、晴らしたるッ」

「こぼんさん、あんさんは何か心得違いをなすっていなさるようだ」

「馴《な》れ馴《な》れしく〝こぼんさん〟なんて呼ぶな！　おどれは逸見屋を、おとっつぁんを裏切った仇《かたき》や！」

銀八は積荷の陰で身を隠している。震えながら事態を見守っている。

「大変なことになっちまったでげす！　嵐の次は海賊でげすよ……って、あれ？　若旦那、どこに行ったでげすか」

見れば卯之吉は、船上の騒動には関心のない様子で荒海を見ている。垣立《かきたつ》から身を乗り出している。

銀八は慌てて駆《か》け寄った。船が傾いて、足も滑って、転びながら卯之吉にすがりついた。

「何をなさってるでげすか！」

見れば卯之吉は、悪党たちが乗ってきた船に向かって、笑顔で手を振っていた。

「ああ？　いや、まぁ」

いかにも嬉しそうに笑っている。ツルッとした顔が稲妻に照らされた。こんな時に笑っているとはどういうことか。怖い顔よりよっぽど怖い。

「若旦那、勝手なことをしていてはいけませんでげす。今は、船の皆さんと一緒になって、怯えたり、命の心配をしたりする場面でげすから」

「そうなんだ？　それにしても、友蔵さんと喋《しゃべ》っているお人は何者なんだろうねぇ。ちょっと素性を訊《たず》ねてみようかね」

「や、やめるでげす！」

卯之吉がフラフラと歩み寄ろうとしたので、銀八はすがりついて止めた。

その若い男がサッと片手を振る。それを合図に浪人たちが船上に散る。抜き身の刀を水主たちに突きつけ、脅《おど》し始めた。

「水主は持ち場に戻れッ。怠けるんじゃねぇ！」

仙三郎が勝ち誇ったように命じた。

「たった今から高砂丸の沖船頭は、この逸見屋仙三郎サマや！　わいの指図に従わん者は容赦《ようしゃ》なくたたっ斬る！　代わりの水主はいくらでも、あっちの船に乗っとるんや」

腹の底からの歪《ゆが》んだ笑い——そういう顔つきで仙三郎は哄笑《こうしょう》した。

水主たちは舵柄《かじづか》や、帆を操る縄に取りついた。脅されたから、ということもあるが、いずれにしてもこの嵐。操船をしなければ沈没する。斬られて殺される前に溺《おぼ》れ死ぬ。

舵が戻され、帆が張り直されて、船は安定を取り戻した。

「ようし。舳先《へさき》を東伊豆に向け直すんや」

高砂丸の水主たちが怪訝《けげん》な表情を仙三郎に向けた。それは江戸とは反対側の方角だ。南西に戻ることとなる。

友蔵は険しい面相で仙三郎の操船を見守っている。仙三郎に向かって質《ただ》した。

「こぼんさん、いや、仙三郎さん。あんたぁいったい、何をさせようとしていなさるのか」

仙三郎は、突如《とつじょ》、甲高《かんだか》い声で笑い始めた。

皆、仰天《ぎょうてん》して見つめている。明らかにまともではない。

仙三郎はひとしきり笑った後で答えた。

「この船を安芸島屋の翔鶴丸にぶつけてくれるんや！　翔鶴丸と高砂丸を一緒に沈めたる！　どっちの船も海の藻屑《もくず》となるんや！」

「なんですと」

「それでもって、大坂と江戸の両方に噂を流したるんや。『友蔵は、どうあっても翔鶴丸に勝たれへんかったさかい、自棄《やけ》になって船ぇぶつけて沈めよった』ゆうてな！」

友蔵の目つきが厳しくなる。

「どちらさんが、そんな噂を流すんですかい」

「常滑屋儀兵衛さんや」

「常滑屋……。仙三郎さん、あんたぁ、あんな因業者《いんごうもの》に、まんまと誑《たぶら》かされてしもうたのか」

「常滑屋が悪党で、悪《あ》しき魂胆《こんたん》があって、このわいを利用するつもりだ——なんちゅうことは先刻承知やッ。それでもわいは話に乗ったんやッ。お前に大恥をかかせるためにな！」

仙三郎は「それだけやないで」と顔を引き攣《つ》らせながら続ける。

「この船に積まれとる新綿を日本中の湊で売りさばいたる。都合よく新綿は樽に詰めこまれとるようや。おとっつぁんの工夫を、ちゃんと守っとるようや。感心やで友蔵。新綿を湿《しめ》らせずにすむ」

仙三郎は積まれた樽を蹴《け》った。

「評判の新綿を日本中の湊で横流しして『萬字屋の友蔵は、預かり物の荷を横取りして売りさばいた』いう悪評を広めたるんやッ」

仙三郎はビュッと人指し指を突き出した。

「お前が、わいのおとっつぁんを陥れた時に使った手ェや！　同じ手でお前を獄門台に送りつけたるんや！」

友蔵は無言で立っている。

仙三郎はケタケタと笑った。

「高砂丸は大船や。翔鶴丸とぶつかったぐらいでは沈みはせん——と、そう思うとるんなら甘いで。見やがれ！」

一人の大柄な武士が、大きな樽を背負ってやってきた。仙三郎が樽を指差した。

「火薬《ぐすり》が詰まっとるんや。翔鶴丸ごと吹っ飛ばしたる」

「なんてぇことを……」

友蔵が絶句した。仙三郎は勝ち誇った顔つきを高砂丸の水主たちに向けた。

「やい、おどれら。このわいに手を貸す言うんなら、命だけは助けたる。わいも海の男や。水主を溺れ死にはさせんで。そやけど、わいに逆らう言うんやったら、火薬で死んでもらう」

船乗りたちは皆、渋い顔つきで俯《うつむ》いている。唇を悔しげに嚙んでいる者もいた。

「返事はどうしたんやあ、おどれら！」

仙三郎は怒鳴った。

「おんどれらの中には、逸見屋の世話ンなっとった水主もいるはずや。逸見屋の若旦那であるこのわいが、おとっつぁんの仇を討つんやでッ。もっと喜べや！」

親仁《おやじ》が前に踏み出てきた。

「こぼんさん。わいも逸見屋の水主やった。旦那はん――こぼんさんのおとっつぁんにはずいぶんと目をかけてもろうた。そぅやから嘘偽りなく正味《しょうみ》の話をいたしますわ。逸見屋の旦那様が荷を撥《は》ねていた、いうんは、ホンマの話なんや。大坂町奉行所のお白州《しらす》に、依怙《えこ》の沙汰《さた》なんかなかったんやで」

「なんやとォ！　お前までおとっつぁんを悪人呼ばわりするつもりかッ」

話を聞いていた銀八が首を傾《かし》げている。

「なにを揉《も》めていらっしゃるんですかね？　話がぜんぜん見えないでげす」

卯之吉は「ははぁ」と察しのついた顔つきだ。

「きっと、あの話だろう。七年ばかり前だけどね、あたしも耳にしたことがあるよ。大坂の廻船問屋さんが客から預かった荷を〝撥ねて〟売り飛ばし、私腹を肥やしていた、ってね」

「どういう悪事のからくりなんでげすかね」

「嵐に遭《あ》った廻船は、客から預かった荷を捨てても良い──という法度《はっと》があるのさ。荷を捨てて船が軽くなれば、沈没を免れる見込みも増えるからね」

「でも、荷を預けた商人衆は大弱りでげすよ。勝手に捨てられちまったんじゃ困るでげす」

「積み荷よりも船乗りさんたちのお命のほうが大事だろうよ……という、お上のご判断だよ」

「お上はお優しいでげす」

「でも、世の中には悪いお人たちがいてね。『嵐に遭ったから荷は捨てました』と言い張って、預かり物の荷を横取りし、売り飛ばし、金に換えちまう。誰も見ていない沖で荷を別の船に積み替えられてしまったら、商人にもお上にも、詮索《せんさく》のしようがないからねぇ。海の上ではやりたい放題さ」

「その悪事が露見して、お仕置きを受けたのが、あの仙三郎ってぇお人の、おとっつぁんだったってわけでげすか」

「そういう話らしいねぇ。そのおとっつぁんのお店で働いていたお人たちがこの船にはいっぱい乗っているようだよ。見てごらんな。みんな痛ましげな顔をしている。アハハ、友蔵さんなんか、今にも血涙《けつるい》を流しそうだねぇ」

「なんで笑ってるんでげすか」

「笑ってないよ」

「笑ってでげすよ」

一方、仙三郎は激昂《げっこう》している。

「おどれらは、寄ってたかってわいのおとっつぁんを、悪人呼ばわりするつもりかッ」

友蔵が静かな口調で仙三郎に語りかける。

「仙三郎さん。逸見屋の旦那様は、確かに撥ね荷の悪事を働いた。この船にはその悪事に加担した者が大勢おる。わしらは逸見屋さんが闕所《けっしょ》になった後で、萬字屋の旦那に拾いあげられたんでがす」

友蔵は船上の一同の顔を見た。

「ここにいる皆が証人だ。あっしは嘘は申し上げません。本当の話をお聞かせしましょう。逸見屋の旦那様は預かり物の荷を撥ねて大金を手にした。闕所、打ち首の悪行だ。しかし旦那様は、私腹を肥やしたのとは違うんでがす」

卯之吉が「おやおや」と興味本位の顔つきとなった。

「どういうご事情があったのだろうねぇ。銀八、もっと近くに寄って聞こうよ」

「曲者《くせもの》がいるのに、危ねぇでげすよ！」

銀八は卯之吉の帯を摑《つか》んで引き止める。友蔵は語り続けている。

「十年も前の話でがす。あの頃は、お上のお指図で〝菱垣《ひがき》廻船問屋組合〟の解散が命じられておりやした。〝大坂の廻船問屋衆が結託して、船賃をつり上げているのがけしからん〟という、お上のご判断でございましたが、それはどう考えても、大坂と海の事情を知らねぇ江戸のお偉い様方の、思いつきによる御政断。廻船の実情には合っちゃいねぇ。あっしら船乗りには、大いに困る話でがした」

卯之吉は「ふむふむ」と聞いている。

友蔵は、仙三郎に真っ直ぐな目を向けている。

「逸見屋の旦那様は、菱垣廻船問屋組合の行司《ぎようじ》でござんした。それだけにお悩みも深かったんでがす。廻船問屋組合に代わる新たな座（組織）を作らにゃならねぇとお考えになられた。ところがそのためには、江戸のお偉い様方に賂《まいない》を届けて『よかろう』と言って貰《もら》わなくちゃならねぇ。その大金を作り出さなくちゃならなかったんでがす。七年前、旦那様が撥ね荷に手を出したのには、そういうわけがあったんでがすよ」

仙三郎は、総身《そうみ》をワナワナと震わせている。

「それじゃあ、なんで、おとっつぁんは咎人《とがにん》にされたんだッ」

「いかなる理由があるにせよ、悪事は悪事でがす。お上に届けるための賂を撥ね荷で稼いでいた廻船問屋は他にもぎょうさんございました。旦那様はすべての罪を一人で背負われて、刑場に向かわれたんでございます」

事情を知る水主たちが泣き出した。拳《こぶし》で目を拭っている者もいる。

「こうして再興されたのが〝廻船問屋九店〟でございやす。〝組合〟を名乗らず〝九店〟なんていう座りの悪い呼び方をしているのも、組合の解散を命じたお上を憚《はばか》ってのことなんでがす」

「なるほど、そうだったのかい」と卯之吉。

「九店の旦那衆は、事情を知っておられます。あっしたち逸見屋の水主を哀れんでくださって、お雇いくださったのはそのため。九店の旦那衆を恨んじゃあいけませんよ」

「おどれは、そうやって大船の沖船頭に収まりかえったから、萬字屋を褒《ほ》め上げているだけじゃねぇかよッ」

「そんなことじゃねぇでがす。逸見屋の旦那様も、九店の旦那衆も、大坂のことを考えて腐心《ふしん》なさっておられたのでがす」

「許せねぇッ！　何もかも許せねぇ！」

　仙三郎が激怒した。

「吹っ飛ばしてやる！　この船も、おどれらも……！　火薬やッ。火薬に火ィつけたれッ」

二

　火薬の大樽を背負ってきた武士は、樽を甲板の上に置いた。ニヤニヤと笑いながら仙三郎の背後に回り込んだ。

「話は終わったか。言いたいことを言い、訊きたい話を聞かされて、気が済んだか」

　仙三郎は、涙に濡れた顔で頷《うなず》いた。

「気は済んだで」

「それなら始めようか」

火薬の樽を背負ってきた武士──源之丞は、いきなりボカッと拳骨《げんこつ》で仙三郎を殴りつけた。仙三郎は濡れた甲板の上を滑りながら吹っ飛ばされた。

「貴様ッ、何をするッ」

越前谷渓山が目を剝《む》く。周りの浪人たちもいきり立って刀を構えた。

源之丞は大小二本の刀を抜いた。二刀流を頭上に突き上げて大きく構える。

「貴様らの悪しき魂胆が知れたからには、この梅本源之丞、一味《いちみ》同心《どうしん》はできぬ！悪党どもめが、懲《こ》らしめてくれよう。覚悟いたせ！」

「裏切るのだな」

越前谷渓山がジリッと前に出てきた。不逞《ふてい》浪人たちも油断なく構えながら源之丞を取り囲んでいく。

渓山の目が怪しく光った。

「貴様は最初《はな》からいけ好かぬヤツであった。敵と知れたなら存分に斬り殺すことができる」

不逞浪人は六人。源之丞は一人。おまけに暗くて滑りやすい甲板の上だ。源之丞はたちまちにして追い詰められた。

不逞浪人たちは、顔に嗜虐《しぎゃく》の笑みを浮かべた。

「越前谷殿、まずは我らに一太刀《ひとたち》報いさせよ。こいつに意趣を晴らさぬことには我らの気も済まぬのじゃ」

常滑屋が源之丞の〝腕試し〟をした際に、こっぴどく痛めつけられた者たちだった。「その仕返しをさせろ」と言いたいらしい。

浪人たちは源之丞を包囲したまま迫ってくる。斬撃の間――刀の届く距離――を踏み越えた。

「死ねィ！」

気合もろとも斬り下ろされた刀を、源之丞が受ける。キンッと鋭い金属音とともに、刃と刃が激突した。

浪人も油断していない。浪人なりに源之丞を倒す秘策を練っていた。源之丞の重い刀を、自分の刀の峰で滑らせてやり過ごし、必殺の〝突き〟で喉《のど》を狙った。

源之丞は二刀流の小刀で打ち払いながら体《たい》を返し、真横に大刀を薙《な》ぎ払って、浪人の腕を斬った。

「ぎゃあぁっ」

腕がボトリと落ちる。その手は刀を握ったままだ。

浪人は輪切りにされた腕を押さえた。血を吹きながら後退する。

それを見た渓山が、

「尋常《じんじょう》の剣術勝負にはあらず！　卑怯卑劣おおいに結構。押し包んで斬れッ」

と叫んだ。

浪人たちは二手に分かれ一隊が源之丞の背後に回り込む。これにはさしもの源之丞も「むむっ」と唸《うな》って顔色を変えた。焦りの色を隠せない。渓山は薄い唇を歪めて嘲笑《あざわら》った。

「殺《や》れッ」

浪人たちの白刃が一斉に振りあげられた。

その瞬間、浪人たちの背後で、火薬が詰まっているはずの樽の蓋《ふた》が押し上げられた。

樽の中から美鈴が飛び出してくる。

「タアッ！」

いきなり背後から浪人たちに襲いかかった。不意をつかれた不逞浪人の一人が拳で鳩尾《みぞおち》を突かれて昏倒《こんとう》する。もう一人も首筋に手刀《てがたな》を喰らった。

「おや」と卯之吉が言った。

「ご覧よ銀八。美鈴様だよ。……そういえば美鈴様も一緒に大坂に来たのだっけねぇ。いけない、すっかり忘れてた」

「酷《ひど》い。あんまりでげす」

銀八も（美鈴は三国屋の出店にいるのだろう）と思っていたのだから、人のことは言えない。

美鈴は浪人退治に奮戦している。源之丞の手引きで常滑屋の船に身を潜めていたのであろう。

樽の中に隠れていた美鈴は刀を持っていない。樽に身を潜めることができたのは細身の女人だからこそだが、刀までは一緒に持つことはできなかった。

不逞浪人たちも一角《ひとかど》の武芸者だ。突如出現した美鈴に驚きながらも咄嗟《とっさ》に構えを立て直す。美鈴も身構えるが武器は手にしていない。その姿を見た浪人たちが勢い込んで斬りかかった。

美鈴は袖を揺らして避けた。

源之丞が足元に転がっていた腕を拾って、その手指から刀をもぎ取った。

「これを使え！」

刀が投げられた。美鈴は、はっしと摑み取った。

「たあっ！」

一跳《いっちょう》して一閃《いっせん》する。美鈴を素手と侮《あなど》っていた浪人者に、逆襲の一撃をお見舞いした。

「ギャッ」

小手《こて》を打たれた浪人者が刀を落とす。刀はガチャリと甲板に転がった。

「峰打ちだ」

美鈴はそう言ったが、しかし、峰とはいえども鋼で手首を打たれたのだ。骨は砕けて手首はダラリと折れ曲がっている。浪人者は悲鳴を上げてうずくまった。

「おのれッ、小僧ッ」

美鈴を元服前の男の子だと勘違いした浪人者が迫る。髭面《ひげづら》の巨漢。なかなかの武芸達者だ。太い腕から繰り出される斬撃を美鈴は軽々と打ち払い、ヒラリと跳んで避けた。二合、三合と斬り結んだ。

美鈴の登場で浪人たちの陣形が崩れた。焦って注意が散漫になる。源之丞はすかさず刀を振るった。こちらは峰打ちの思いやりはない。肩口を深く斬られた浪人が、血飛沫《ちしぶき》と悲鳴を上げた。

源之丞は大小二本の刀を振り回し、大車輪のように旋回《せんかい》しながら浪人たちを薙ぎ倒していく。

その目の前に越前谷渓山が立ちふさがる。

「わしが相手だ！」

「望むところ！」

互いに大声を張り上げながら刀を振るう。渓山の斬撃を源之丞が二本の刀でガッチリと受け止めた。渓山は瞬時に背後に跳んで離れる。源之丞は脇差しを突き出し、渓山の腹を刺そうとしたが、空振りした。

船は大きく揺れている。甲板が傾く。渓山も源之丞も、目に入る雨粒に耐えながら戦った。

源之丞の剣術は押しの一手だ。攻めて攻めて攻めまくった。渓山は濡れた甲板の上で巧みに足を踏み替えて源之丞の攻撃をあしらう。隙《すき》を見て反撃の一撃を繰り出してきた。

源之丞はサッと身を翻《ひるがえ》して避けた。

鋭く振られた渓山の刀が、源之丞ではなくその背後に張られた綱を切断した。

「あっ、左舷の手綱が！」

親仁が叫んだ。帆の角度を調節するための綱が切られた。おりしも強風が吹きつけてくる。支えを失った帆が吹き上げられ、高砂丸は激しく傾斜した。

つられて船体がグルリと回転し始める。大波と強風は巨船をも翻弄《ほんろう》する。

「うわーっ！」

浪人者の何人かが舷側《げんそく》から放り出された。真っ暗な荒海へと落下していく。

「みんな摑まれーッ！」

親仁が叫んだ。

源之丞も足を取られて転倒する。急斜面になった甲板を転がりながら、どうにか垣立にしがみついた。

今度は逆向きの風が吹く。船の傾きが収まっていく。どうにか傾斜が回復したところへ、

「タアーッ！」

渓山が刀を振りかざして突っ込んできた。源之丞はからくも身を伏せて避けた。渓山の斬撃がまた別の縄を切る。帆が大きくはためく。端の縄が一本切れると隣の縄は荷重に耐えきれずに切れる。縄が次々と千切《ちぎ》れていく。帆を横に張る帆桁《ほげた》がグラリと大きく傾いた。

「よせッ。これ以上やれば、船が沈むぞ！」

源之丞が叫んだが、渓山は耳を貸さない。「キエーッ」と奇声を発しながら、あくまでも凶刃《きょうじん》を振るい続けた。

船体が反対側に傾いた。渓山は足を取られて転がる。甲板上を勢い良く滑り落ちていく。

「この分からず屋がァーッ」

源之丞はダダダッと傾斜を走った。勢いのままに両足跳び蹴りを喰らわせる。

悪所でのヤクザ相手の乱闘で身につけた喧嘩技だ。武士らしからぬ所業だった。

越前谷渓山は痩《や》せても枯れても武士である。まさか足蹴にされるとは――しかも両足跳び蹴りとは、予想もしなかったらしい。

「ぐわっ！」

身を仰《の》け反《ぞ》らせて吹っ飛ぶ。垣立に背中をぶつけた。

「おのれっ」

急いで体勢を立て直そうとしたところへ、大波が打ち込んできた。

「皆、摑まれ――ッ」

親仁が叫ぶ。垣立を乗り越えた波が渓山を呑み込んだ。

美鈴は積荷に張られた麻縄にしがみついている。

「源之丞さんはッ？」

甲板に目を向けるが、横波の大水が激流となって流れていた。

波の中から腕が一本、伸びている。切られた縄の端を握り締めていた。

源之丞は「ぷはっ」と水を吐きながら顔を出した。

「渓山は……？」

すると唐突に卯之吉が、波除《よ》けの苫屋根《とまやね》の上で答えた。

「ご浪人様がたは、皆さま、海に落ちてしまわれましたよ」

どうしてニコニコと微笑《ほほえ》んでいられるのか。美鈴にも源之丞にも、卯之吉の心底を推《お》し量《はか》ることはできなかった。

「あっ、船が逃げて行くでげす！」

銀八が海を指差した。旗色が悪いと見て取ったのだろう、小早船が離れて行く。

仙三郎だけが甲板に一人で取り残された。さすがは廻船問屋の子で、波に呑まれることはなかったようだ。

「仙三郎さん……」

友蔵が歩み寄ろうとすると、

「近寄るんじゃねぇッ」

と叫んだ。

「わいは海の悪神になったるッ。嵐の神になって、おどれらをずーっと苦しめたるんや！」

垣立を乗り越える。暗い海に向かって身を投げた。

「こぼんさん！」

友蔵が駆け寄った。垣立から身を乗り出して下を見たが、暗い海で波が渦巻くばかり。仙三郎の姿は、もうどこにも見当たらなかった。

三

「北風やーッ」

楫取《かじとり》が叫んだ。強い風が吹きつけてくる。礫《つぶて》のような雨粒を含んでいた。

親仁が舌打ちした。

「こいつぁアカンッ、南に流されてまう！　命取りやッ」

卯之吉は「おや？」と、興味津々に質した。

「南に流されると、どうして命取りなんですかね？」

「伊豆七島のどこかにぶつかってまう！　逆に、もしもぶつからなんだら、メキシコ国まで流されるッ。生きて日本に戻れたもんやないでッ」

「はぁはぁ」

卯之吉は、理解したのかしていないのか、傍目《はため》にはよくわからぬ相槌《あいづち》を打った。

「帆を下ろせーッ」

友蔵が叫んだ。沖船頭としての責任感を取り戻し、この難局に立ち向かおうとしていた。

帆は北風をはらんでいる。高砂丸をどんどん南へと押し流していく。早く帆を下ろさなければならない。

ところが、親仁は帆柱を見上げて絶望し、叫んだ。

「蝉《せみ》車に縄が絡みついとる！　帆を下ろされへんッ」

なんと、一連の戦闘で、縄が帆柱や帆桁に絡みついていたのだ。

縄はピンと張られてさえいれば、何かに絡まることはない。水主たちが常に縄の元を締めて（縛りつけて）おくのはそのためだ。

ところが、帆桁から伸びて帆の角度を固定する〝手縄〟や帆の張りを調節する

〝両方縄〟が切られた。何本もの縄がダランと弛《ゆる》んだ状態となったのだ。

縄は強風で煽《あお》られて、帆桁などに絡みついてしまった。

帆桁は傾斜している。帆布は勝手に風を受け、はためいて、風の吹くままに船と船乗りを運び、翻弄している。

「錨《いかり》を投げろ！」

楫取の指図で、舳先と艫《とも》の錨が海中に投じられた。錨の加重で船を安定させる策だ。〝たらし〟や〝つかし〟という。

そうする間も強風は吹きつけてくる。この強風の前には錨の〝つかし〟も効き目がない。

高砂丸は制御を失って回頭し始めた。屈強な水主たちが泣きだしそうな顔で、帆桁に絡んだ縄を解こうとしているが、もはやどうにもならないことは明らかだった。

楫取が叫ぶ。

「帆柱を上って、縄ァ切って来いやッ」

「楫取さん、そりゃあ無茶や」

親仁が即答した。帆柱の表面を雨水が伝い落ちてくる。まるで滝だ。手も足も水で滑って、よじ上れたものではない。

楫取は歯噛みしていたが、やがてキッと顔を友蔵に向けた。

「帆柱を伐《き》り倒すしかねぇです！」

友蔵は無言で腕を組んでいたが、やがて大きく頷いた。それを受けて楫取が、水主たちに指図する。

「鉞《まさかり》ィ持って来いッ！　帆柱ァ伐り倒すでぇッ」

若い水主たちが艫の船内に走った。船室に鉞が置いてあるのだ。

卯之吉は笑顔で首を傾げている。

「帆柱を伐るってのは、なんなんですかね」

この緊急事態で皆忙しいというのに、のんびりと笑顔で問いかけた。

親仁は律儀《りちぎ》にも答えた。卯之吉にも〝破滅的な現況〟を知る権利はあると思ったのだろう。なにしろ命がかかっている大問題だ。

「帆をどうにかしねぇことには、南へ吹き流されて行ってしまいますのや。せやから、帆を捨てるために、帆柱を伐りやす」

「帆を捨てて、それからどうするのかね」

「この嵐をしのぐことができたなら、次は、近くに助け船が通りかかるのを気長に待つのや」

「おやまあ、なんとしたことだろうねぇ」

船に発見して貰《もら》うためにも、外洋に流されるわけにはゆかないのである。

銀八はさめざめと泣いている。

「とうとうこんなことになっちまって……。あっしの幇間《ほうかん》芸が、大成《たいせい》を目前にして海の藻屑と消えちまうんでげすか……」

美鈴はキュッと唇を嚙みしめている。

「旦那様と一緒なら、どこへ流されようとも美鈴は平気です」

卯之吉はニヤニヤと笑っている。

「二人とも、もう死んだと決まったような顔をしているねえ。アハハ、そそっかしい」

友蔵と知工（萬字屋の手代）が何事か相談し合っている。知工が致し方なさそうに頷いた。友蔵は水主たちに向かって叫んだ。

「積み荷を撥ねろ！」

親仁が「ああ……」と嘆いた。

「船を軽ぅするために荷を捨てるんや。仙三郎さんと常滑屋の思惑どおりになってしもうた。こともあろうにこれは新綿番船やで。日本中が、大坂の廻船問屋の働きぶりを見守っとるのや。難破したゆうだけでも恥さらしやのに、大事な荷を撥ねたとなったら、萬字屋と友蔵はんのご面目《めんぼく》は丸潰れや」

「ははぁ、なるほどねえ！　たいした悪知恵の回りようです」

なにゆえそんなに感心しているのか、親仁にもよくわからない。

水主たちが鉞を持って来た。

「よぅし、俺に任せろ」

源之丞が鉞を奪い取って、力強く振り上げた。

「ちょいとお待ちを」

卯之吉が手を伸ばして制した。それから、帆桁の傾いた帆を見上げた。

「なんだよ卯之さん。時がないんだぞ」

卯之吉はそれには答えず、友蔵に顔を向けた。

「和蘭《オランダ》国の船の三角帆は、風に逆らって進むと聞きましたよ。この船の今の様子は和蘭の船に似ていますね。もしかしたら風に逆らって北へ行けるかもしれない」

水主たちと源之丞は（無茶を言うな）という顔をした。卯之吉だけが微笑んでいる。

「まぁ、やってみましょうよ。死ぬならいつでも死ねますから」

友蔵は卯之吉に問い返した。

「三角帆の仕組みを御存じなんですかね」

「蘭書で読んで、憶《おぼ》えていますよ」

卯之吉は蕩《とろ》けるような笑顔だ。無責任に笑っている。本当に無責任だからだ。

しかし、この状況で、一大提案を持ち出しながらの無責任だとは、普通、誰も思わない。絶対の自信を秘めた顔つきに見えてしまう。

「また始まったでげす」

いつもの誤解劇だ。みんな卯之吉に騙《だま》される。銀八は頭を抱えた。

案の定、友蔵は、

「若旦那にお任せしましょう」

などと言ってしまった。銀八は「あああぁ〜」と絶望した。

「よーし、それじゃあね、帆布を半分に、三角になるように折っておくれな！帆桁はそのまま斜めにさせておいていいよ。和蘭国の船はそうなってるのだからね」

珍しくやる気を出してテキパキと指図していく。卯之吉という男には、自分がやりたいことをやる時だけは熱心になるという妙な癖がある。

親仁が訊《き》き返す。

「帆の向きは、どないします」

船の正中線《せいちゅうせん》（舳先から船尾に向かって真《ま》っ直《す》ぐ伸ばした線）に対する帆の角度を問うたのだ。

「船体と同じ向きにしておくれ」

「〝開く〟んでんな。合点《がってん》や」

船体に対して帆が開いて張られると、船は大きく傾いた。

「逆しまになるで！」

楫取が悲鳴をあげた。横風をもろに受けながら帆を張ったなら、当然に帆には、船を横倒しにする力が発生する。

「横滑りしとりまーす！」

艫で〝たらし〟を見張る水主が報告した。

高砂丸は大きく傾きながら風下へと押し流されている。

卯之吉はすかさず指図する。

「皆さん、傾きの反対側に重い荷を移して！　そうだ、脇帆の柱があったよね。あれの先に重石《おもし》になる物を括りつけて船の外へ張り出すんだ。ヤジロベエみたいにして均衡《きんこう》を取るんだよ」

脇柱の先に水を入れた水桶がくくりつけられ、舷側から海上へ差し出された。高砂丸の傾斜が、やや、回復した。

「今だよ。舵を風上へ切って！」

水主たちが数人がかりで舵柄に取りつく。力自慢の源之丞も手伝う。

「これは重いぞ！」

卯之吉だけは手伝おうともせずにヘラヘラしながら眺めている。

「風の力に逆らおうとする力が、舵一枚にぜんぶかかっていますからねぇ。そりゃあ、重いに決まってましょうよ。アハハハ」

わかっているなら手伝え、と言いたいところだが、卯之吉に力仕事は無理である。源之丞も承知している。

男たちが渾身《こんしん》の力を振り絞る。舵が、グッ、グッと切られた。高砂丸の傾斜がさらに回復する。と同時に、たらしを見張っていた水主が叫んだ。

「横滑りが収まりましたーッ、前に、進んどりまーす！」

船乗りたちが「おおーッ」と叫んだ。

「助かるぞッ！」

「皆、ここが気張《きば》りどころやッ」

水主たちは息を吹き返したように働く。その様子を見ながら卯之吉は「ほほほ」と笑った。扇子《せんす》を開いて自らを煽いでいる。この強風と雨の中、どうして扇子を使う必要があるのか、それは誰にもわからない。

四

新綿番船の終着（ゴール）は、浦賀の千代《ちよ》ケ崎《がさき》〝灯明台の鼻〟である。

浦賀湊には大坂から廻船問屋九店の〝見張船〟が派遣されていた。灯明台（灯台がある）の沖に停泊して、番船の到着を待つのだ。

浦賀も激しい嵐に見舞われていた。相模国の三浦半島全体が、紀州沖から移動してきた低気圧にすっぽりと覆われていた。

浦賀水道も波が高い。近海の船も出港を見合わせるほどだ。

湊の日和台《ひよりだい》（天候を観測する櫓《やぐら》）の上では、九店から派遣されていた行司役が、海と空とを睨んでいる。彼が着けた蓑と笠は横殴りの雨に打たれて濡れていた。

行司は目が悪くては務まらない役目なので、四十前の若手が選任されている。顔についた雨水を指で払いながら、独り言を漏らす。

「さしもの新綿番船も、今日はやって来ないやろうな」

どこかの湊に退避しているか、海上で帆と錨を下ろして天候の回復を待っているか、あるいはすでに遭難《つら》してしまったか。

三浦半島には点々と連なるようにして、九店の見張り台が置かれている。雇われた見張りの者たちが新綿番船の到着を待って、昼も夜も海上に目を凝《こ》らしている。

もしも新綿番船を発見したなら半鐘《はんしょう》を鳴らして伝える。その半鐘の音を聞いた者は、自分の持ち場の半鐘を鳴らして隣の見張り台へと伝える。このように見張り台を次々と経由して、行司のいる浦賀湊へと報《しら》せる手配りとなっていた。

行司は自分の見張り台を下りて、湊の問屋に向かった。大きな建物の台所に入る。

問屋は役所でもある。広い板張りの広間が造られてあった。広間には五人ばかりの商人が集まっている。行儀良く座って煙管《キセル》の莨《たばこ》を燻《くゆ》らせていた。

「そろそろ夕暮れ時かね。新綿番船は来そうにないね」

商人の一人が言った。

かつて卯之吉が上郷備前守の屋敷を訪問したことがあったが、この商人はそのとき広い茶室にいた。噂の辣腕《らつわん》同心、八巻卯之吉の振る舞いに震え上がった一人であった。

行司は「へい」と答えた。

「酷い高波で、しかも北風でございます。仮に相模灘に達していたとしても、風に逆ろうて三浦には近づいて来られんでしょう」

商人たちも同じ意見であるようだ。皆で頷《うなず》き交わし、煙管を莨入れにしまった。帰り支度だ。

「江戸の廻船問屋として、大坂の番船の着到《ちやくとう》を見届けるのがあたしらの役目だけれどね。今日は帰らせてもらうとするよ。それでいいね」

「へい。よろしかろうと存じます」

別の商人が、薄暗い窓障子に目を向けた。

「今、何刻かね」

行司は答える。

「およそ申《さる》ノ刻（午後四時ごろ）かと。そろそろ時《とき》ノ鐘《かね》が鳴らされましょう」

「うん？　ちょうど鐘の音が聞こえてきたねぇ」

「では、そろそろ失敬しようか。少しでも明るいうちに。夜道を戻るのは物騒だからね」

商人たちが腰を浮かせたその時、

「お待ちくださいませ！」

行司が叫んだ。

「あれは……、時ノ鐘ではあらしまへん！　半鐘でっせ！」

行司は江戸弁で喋る余裕も失くし、障子戸を開けて外に走り出た。

酷い雨だ。問屋の前庭のすぐ近くに河岸がある。大波が庭まで打ち寄せている。

行司は桟橋《さんばし》に向かった。見張り台の半鐘は打ち鳴らされ続けている。番船が沖に姿を現わしたのだ。

行司は見張船の船頭に命じた。

「舫綱《もやいづな》を解くんや！　船を出せッ」

船に飛び乗る。

新綿番船の競争は〝灯明台の鼻〟と呼ばれる海に浮かんだ見張船に、番船が切手（安治川南四丁目の切手場で受け取った物）を、投げ込んだ瞬間に終了する。海上で番船から見張船へ受け渡されるのだ。見張船が海に出ていなかったなら、大変な手違いとなる。

行司を乗せた見張船が河岸を離れた。強風の下、帆を上げて沖に向かう。

「手前ども、行きましょう」

見届け人を託された江戸の廻船問屋五人は、別の千石船に乗り込んだ。見張船を追って出港する。

見張船と千石船にとって、この強風は追い風だ。物凄《ものすご》い速さで浦賀水道を抜けていく。

千石船に立つ江戸の廻船問屋たちは、あっと言う間にずぶ濡れとなった。手拭いで顔を拭いても拭いても、間に合わない。

「こんな時化《しけ》とる最中に、船を進めることができるんやろうか。大坂を出た番船からしたら酷い向かい風やで！」

夕暮れ間近の黒雲が低空でうねって見える。雨条《うじょう》（大雨の筋）が沖の海にかかっている。海面からは雨に負けずに大波が突き上げて、白い飛沫を吹き上げていた。

天からは雨、海からは波飛沫。荒れ狂う大波の陰を、行司の乗った見張船が出たり入ったりしている。それほどまでに波が高い。

その時であった。千石船の舳先に立った水主が叫んだ。

「船が来まーす！」

商人たちは「おおっ」とどよめいて舳先に向かった。

「船や！　赤い幟《のぼり》が見えてまっせ」

白髪頭《しらがあたま》の商人が叫んだ。

「わしは老眼やから、かえって遠くは見えるんや。赤い幟の番船や！」

逆風を突いて巨船が迫り来る。船影が商人たち全員の目に見えるところまで近づいてきた。

「高砂丸や！　萬字屋さんの船や！」

「あれが高砂丸か。友蔵が船頭を務めておるという」

「さすがは友蔵。この荒海を乗り越えるとはたいしたものや」

などと感心していた商人たちだったが、ふいに、高砂丸の異常さに気づいた。

「な、なんや、あの帆は！」

「帆桁が斜めになっとるやないか！　なんで、あんなんで船を走らすことができるんや！」

江戸の廻船問屋たちにも理屈がわからない。わからないけれども高砂丸は力強く進んでくる。とうとう灯明台の鼻に達した。待ち受けていた見張船に近づく。

高砂丸の舷側から投げ落とされた切手箱を、見張船が網を差し出して受ける。

この瞬間に新綿番船の勝者が決まった。

「一着は高砂丸や。皆さん、見届けはりましたな？」

商人の一人が確かめる。商人一同が頷き返した。

商人たちの乗る千石船の前を巨大な船体が通り抜けて行く。千石船とて、そう小さな船ではない。それなのに高砂丸の垣立は、見上げるほどに高い場所にあった。商人たちはその巨大さに啞然茫然《あぜんぼうぜん》となった。

合羽板に一人の男が立っている。風雨も厭《いと》わず行く先を見据え、その口許には余裕の笑みを浮かべていた。

「あれは……！」

商人の一人が気づいて叫んだ。

「み、南町の八巻様や！」

上郷備前守の屋敷で見たその顔は忘れられない。

商人たちは騒然となった。

「どういうわけがあって、八巻様が新綿番船にお乗りになっとるのや！」

八巻の横には沖船頭の友蔵の姿も見えた。友蔵のほうが、三歩下がって控えた姿だ。

「あの気位の高い友蔵が、船の上で、八巻様にかしずいとる！」

己の船では神のように君臨し、決して意を曲げない男だ。そうでなければ船の統制が取れず、遭難してしまうからなのだが、その友蔵が、八巻同心を前に立てて遜《へりくだ》っている。商人たちは、皆、我が目を疑った。

高砂丸は江戸の湊を目指して進む。千石船と商人たちは、茫然として見送った。

五

常滑屋儀兵衛は大坂にいる。経営する商家の奥座敷に座って、新綿番船の結果の報せが届くのを待っていた。

(仙三郎めは、上手いことやってくれたやろか)

策は十分に練った。必ず成就するはずだ。

萬字屋の面目は丸潰れとなり、大坂廻船問屋九店から外されるであろう。そうなったなら、十三店の中から一店が九店に格上げとなる。

(上郷備前守様が江戸の重職様がたに働きかけてくださる……。わしが九店の商人衆に加わるんや)

常滑屋が目論んでいたのは新綿番船の大番狂わせなどというケチな悪事ではない。常滑屋が九店の顔役となって、上郷と手を組み、廻船商いを牛耳ることだ。上郷さえ味方につければ不可能ではない。

常滑屋は舌なめずりしながら、抑えきれない笑い声を漏らした。

表店《おもてだな》のほうから慌ただしげな物音が聞こえてきた。奥へ繋《つな》がる通り道を走る、雪駄《せった》の音が聞こえた。

「旦那様！」

表店を任せた番頭が、障子の向こうに顔を出した。見るからに慌てた面相だ。

廊下に上がって膝を揃える。どんなに慌ただしくとも膝を揃えてから物申すのが商人なのだ。

常滑屋儀兵衛は期待に胸を昂《たかぶ》らせながら質した。

「江戸の出店から飛脚《ひきゃく》が届いたか！」

番船競争の結果を、即座に早飛脚で報せるように命じてある。

「た、ただ今、届きました」

「番船の一着は」

「萬字屋の高砂丸でございます！」

「なんだと」

常滑屋は絶句した。唸り声を上げげつつ考え込んだ。

(仙三郎め、しくじったか)

相模灘沖での斬り込みに失敗したようだ。それしか考えられない。

しかし常滑屋は海千山千の老商人である。

(まぁ、仕方がないわな。広い海の上のことや)

仙三郎が高砂丸を発見できなかったとしても不思議ではない。即座に気持ちを切り換えた。

(焦ることはないんや。今年が駄目《だめ》でも来年がある。来年が駄目なら再来年《さらいねん》や)

仙三郎と浪人たちを根気よく操り続ければ、いつかは事が成就する。常滑屋は番頭に目を向けた。

「お前は萬字屋さんに祝儀を持って行きなさい。愛想よく、褒めあげるんやで」

番頭は青い顔色のままだ。二つ折りの紙を手にしている。恐る恐る、差し出してきた。

「江戸の出店からの書状には、こんな物まで添えられておりまして……」

「なんや？　瓦版《かわらばん》やないか」

常滑屋は手に取って広げた。その目がギョッと見開かれた。

「……八巻様、またまた大手柄。新綿番船の海賊退治——やと！　なんじゃあ、これは」

瓦版の真ん中には絵が描かれている。字が読めない人に内容を伝えるためだ。

波の荒れ狂う海。船上で刀を振るって、海賊どもを退治する八巻同心の勇姿が刷られてあった。八巻同心は倒した曲者《くせもの》の背中を片足で踏みつけ、キリッと大見得を切っている。まさに辣腕同心の面目躍如《めんもくやくじょ》といった姿だ。

「八巻様に、わしらの悪事を摑まれた——だと！」

儀兵衛は絶句する。番頭は顔面を蒼白《そうはく》にして、滝のように冷や汗を流した。

「江戸の出店には、お役人様の手入れがあった様子でございます……。大坂町奉行所のお役人様も、すぐ、ここにやって来ようかと……」

儀兵衛は急いで立ち上がった。

「船を仕立てるんやッ。いちばん足の速いヤツやで！」

「いかがなさるのです、旦那様」

「江戸に向かうんや！　上郷様を頼るしかあらへんッ」

上郷備前守と相談し、打開策を探らねばならない。一刻の猶予《ゆうよ》もない。常滑屋儀兵衛は旅装に着替えることもせず、雪駄をつっかけて湊へ走った。

道々《みちみち》思案し続ける。

（大坂の家産を処分して銭に換えなあかん。大金を公儀のお歴々に配りまくるんや）

しかしそれでは儀兵衛が一生かかって作った財産のほとんどを失うことになる。なんのための人生だったのか。

しかしそれでもやらねばならない。

（なんの！　この贈賄《ぞうわい》でお偉方《えらがた》の歓心を取りつけて、今以上の豪商になってくれるわ！）

などと自らを鼓舞した。

今日も大坂は、荷を運ぶ車や、行き交う商人で混雑していた。

道の先から一人の武士が歩んできた。塗笠《ぬりがさ》を目深《まぶか》に被《かぶ》っている。

船に乗って大坂に来た侍であろうか。全国の大名たちは大坂に蔵屋敷を構え、勘定方の家臣を置いている。

武士は常滑屋儀兵衛の横を擦《す》れ違った。常滑屋儀兵衛は前のめりにつんのめって倒れた。傍目《はため》には、石に躓《つまず》いたように見えた。

突然、女の悲鳴が上がった。倒れた儀兵衛の身体の下に血が広がっていく。顔は白蠟《はくろう》のようだ。儀兵衛はすでに息をしていなかった。


数日後――。

江戸南町奉行所の内与力御用部屋に、村田銕三郎が入ってきた。政務に追われる沢田彦太郎の前に座る。

「お呼びにございますか」

「おう、呼んだ。大坂の両町奉行所から連名での報せが届けられた。常滑屋は闕所にされたそうだ」

闕所は家産没収の刑だ。大名家の〝御家《おいえ》取りつぶし〟に相当する。

「常滑屋の親族、番頭は島流し」

「肝心の儀兵衛はいかがなりましたか」

「急死したそうだ。死因ははっきりせん。大坂の町奉行所も、煮え切らぬ態度に終始しおってな」

大坂の町奉行所は、何らかの事実を摑んでいるのであろうが、その真実を闇に葬りたがっている。そういう気配が濃厚だという。

「ともあれ、忠助殺しの一件も、木菟ノ菊次郎殺しの一件も、常滑屋儀兵衛が仕組んでの悪事だと知れた。菊次郎を手に掛けた不逞浪人も海で死んだことだし、これにて一件落着――とせねばなるまいよ」

村田は憤然としている。正義感に溢《あふ》れすぎているこの同心は、こういった不明《ふめい》瞭《りょう》な決着が嫌いなのだ。

「我らのお奉行が、そのように定められたのだぞ」

沢田彦太郎から念押しをされ、不承《ふしょう》不承《ぶしょう》に低頭すると、出ていった。

沢田は「やれやれ」と溜め息をついた。

六

上郷備前守の屋敷から、廻船問屋の商人たちがゾロゾロと出てきた。

「八巻様は、ほんまにたいしたお役人様や」

「わしらも睨まれんよう、気ィつけなあきまへんな」

「ここはやっぱり袖の下やで」

「あきまへんで。八巻様は、袖の下は一切、受け取らへんのや」

商人たちの顔には怯えの色が浮かんでいる。足を急がせて立ち去った。

その様子を門内から一人の武士が見ている。大坂から早船で戻ったばかりだ。

武士は踵《きびす》を返すと、上郷備前守が待つ奥御殿に向かった。

廊下に正座し、座敷の奥に向かって平伏し、言上《ごんじよう》する。

「商人ども、帰りましてございまする。みな口々に、八巻の噂をいたしており申した。怯えきっている者ばかり。あれでは役に立ちますまい」

座敷には上郷が一人で座っている。何を思うのか、冷えきった顔つきだ。

廊下の侍は、目を怒らせている。

「八巻を討ちまするか」

上郷は目を向けた。

「なにゆえに？　常滑屋儀兵衛はお前が始末して口を塞《ふさ》いだ。柳営《りゅうえい》はこの一件を不問に付すと決めた。あえてこちらから動くことはない」

「八巻に、何事かを摑まれたのかも知れぬのですぞ」

「まこと、八巻の働きはたいしたものだ。頼もしき辣腕同心じゃな」

「御前様《ごぜんさま》！　冗談事《じょうだんごと》では済まされませぬ」

「そのようにいきり立つな。わしはいずれ江戸町奉行となる。さすれば八巻はわしの配下だ。頼もしい話ではないか」

「八巻は、いかなるご大身《たいしん》のお旗本をも恐れず、これまでにもお旗本やお大名の不正を糺《ただ》して参りました。御前様にだけ、手心を加えるとは思えませぬ」

上郷は氷のような目で武士を見た。

「お前には、八巻が斬れるのか」

武士は頷いた。

「斬れまする」

上郷も「うむ」と頷き返した。

「下がって良い。いずれ八巻を討たねばならぬ時も来よう。頼りにしておる」

武士は平伏して、去った。

一人残された上郷は手にした紙片に目を落とした。八巻同心が賭《か》けの元金として残していった百両の為替《かわせ》であった。

「八巻め……なんとしてくれようぞ」

低い呟《つぶや》きが座敷に響いた。

この作品は双葉文庫のために書き下ろされました。

双葉文庫

は-20-20

大富豪同心《だいふごうどうしん》

海嘯千里《かいしようせんり》を征《ゆ》く

2017年2月19日　第1刷発行
2019年9月19日　第3刷発行

【著者】
幡大介《ばんだいすけ》

【発行者】
箕浦克史

【発行所】
株式会社双葉社
〒162-8540 東京都新宿区東五軒町3番28号
[電話] 03-5261-4818(営業)　03-5261-4833(編集)
www.futabasha.co.jp
(双葉社の書籍・コミックが買えます)

【印刷所】
株式会社新藤慶昌堂

【製本所】
大和製本株式会社

【表紙・扉絵】南伸坊
【フォーマット・デザイン】日下潤一
【フォーマットデジタル印字】飯塚隆士

落丁・乱丁の場合は送料双葉社負担でお取り替えいたします。
「製作部」宛にお送りください。
ただし、古書店で購入したものについてはお取り替えできません。
[電話] 03-5261-4822(製作部)

定価はカバーに表示してあります。

ISBN978-4-575-66815-5 C0193
Printed in Japan